Las canciones tristes ya no hablan de mí

Las canciones tristes ya no hablan de mí

Clàudia Costas Güell

Papel certificado por el Forest Stewardship Council®

Primera edición: marzo de 2025

© 2025, Clàudia Costas Güell
© 2025, Penguin Random House Grupo Editorial, S. A. U.
Travessera de Gràcia, 47-49. 08021 Barcelona

Penguin Random House Grupo Editorial apoya la protección de la propiedad intelectual. La propiedad intelectual estimula la creatividad, defiende la diversidad en el ámbito de las ideas y el conocimiento, promueve la libre expresión y favorece una cultura viva. Gracias por comprar una edición autorizada de este libro y por respetar las leyes de propiedad intelectual al no reproducir ni distribuir ninguna parte de esta obra por ningún medio sin permiso. Al hacerlo está respaldando a los autores y permitiendo que PRHGE continúe publicando libros para todos los lectores. De conformidad con lo dispuesto en el artículo 67.3 del Real Decreto Ley 24/2021, de 2 de noviembre, PRHGE se reserva expresamente los derechos de reproducción y de uso de esta obra y de todos sus elementos mediante medios de lectura mecánica y otros medios adecuados a tal fin. Diríjase a CEDRO (Centro Español de Derechos Reprográficos, http://www.cedro.org) si necesita reproducir algún fragmento de esta obra.
En caso de necesidad, contacte con: seguridadproductos@penguinrandomhouse.com

Printed in Spain – Impreso en España

ISBN: 978-84-666-8149-0
Depósito legal: B-579-2025

Compuesto en Llibresimes

Impreso en Black Print CPI Ibérica
Sant Andreu de la Barca (Barcelona)

BS 8 1 4 9 0

A Michael, Emily, Fede y Sylvain.
You never walk alone

No quiero aburriros con el preludio de cómo llegué hasta aquí, así que me he propuesto resumir mi vida hasta ahora en quinientas palabras:

Nazco. Bebé cara pan. Divorcio. Oh, hija única, adiós al sueño de *La tribu de los Brady*, hola al síndrome caracol (niña con la casa en la mochila). Tengo peces naranjas que siempre mueren de gordos. Quiero ser ninja. Sufro de terrores nocturnos. El instituto, un horror. ¿Por qué hay gente que quiere volver a los quince? No tengo muchos amigos porque digo lo que pienso (y porque parezco una mezcla entre Punky Brewster y Miércoles Addams). Bachillerato. Cambio de instituto. Mejora considerable. Hago tres amigas: una bailarina, una de intercambio, una aspirante a actriz. Y yo, Punky Brewster con granos. Notas aceptables. Soy de sietes, ni chicha ni limoná. No destaco en nada, mejor así, hasta que... me caigo del escenario al recoger un premio de poesía. Me rompo tibia, peroné y amor propio. Dejo de escribir. Estudio Psicología. Casi todas las estudiantes (noventa por ciento chicas) parecen más interesadas en descubrirse a sí mismas que en ayudar a otros. No me excluyo. Dicen que se me da bien escuchar (o quizá lo parece, porque he aprendido a guardarme lo que pienso). Consigo prácticas y luego trabajo. Me independizo con mi amiga bailarina. Momento radiante. Chute de adrenalina y confianza. Incluso voy a discotecas y disfruto bailando —aunque disfruto tanto que no paran de ofrecerme drogas, como si una no pudiera estar así de loca sin estupefacientes—. Conozco AL CHICO (sí, hasta aquí no se han mencionado. Debo de ser un poco sibarita). Chispas y colores. No nos separamos (sí, somos de esos). Siempre tenemos ganas de vernos. Siempre tenemos algo que contarnos. Somos un equipo y queremos que crezca. De momento adoptamos un gato tuerto. Ocho años juntos, estoy a punto de cumplir treinta. Decidimos empezar a buscar el bebé —un cliché, lo sé—. Él de repente parece desencantarse, como si alguien hubiera roto el hechizo —juro que busco al culpable, pero no lo encuentro—. Se va sin reflexionar demasiado (aviso: nunca dejes a una chica a los treinta, piénsatelo, hazlo aunque sea a los veintinueve). Me quedo al gato. El corazón me estalla en pedazos, muchísimos para ser un órgano tan pequeño. Parece imposible reconstruirlo. Entiendo todas las canciones tristes. Me quedo sin trabajo. Mi autoestima se va de excedencia. Viendo el panorama voy a una clínica para congelar óvulos, pero el doctor me informa que no es posible porque mi reserva ovárica está más seca que el desierto de Atacama y, de remate, me diagnostican endometriosis. Se me acaba el contrato de alquiler y me echan con un burofax. Maravilla. Vuelvo a casa de mi madre. Temporalmente. Cojo trabajillos absurdos. Pasa un año, y cuando decido irme... nos encierran por covid. Me deprimo. Más. Y pasan... dos años. Menuda psicóloga. Mi ex cuelga una foto con su nueva novia en nuestro sitio favorito el día de nuestro no-nunca-más-aniversario. Casi me tiro del puente de la autopista. Literalmente. Me enfado conmigo misma por ser tan patética. Echo el freno. Se acabó. Necesito un cambio.

Y lo he conseguido. Hasta aquí mi vida en quinientas palabras.

PRIMERA PARTE

Siempre he pertenecido a ese grupo reducido de personas que pueden pasarse dos meses subsistiendo a base de arroz si eso significa poder permitirse un viaje.

Eterna defensora de que viajar abre la mente, que desconectas muchísimo, que nos hace mejores y tal. Todo muy primermundista. La verdad es que me estreso tanto quedándome aquí como viajando, pero me encanta, y cuando estoy muy agobiada parece que lo necesite para poder volver a respirar bien. Además, dicen que viajar te da felicidad desde que reservas el viaje hasta seis meses después de haber vuelto. Sí, me cuento películas, estoy huyendo o lo que quieras, pero siempre acabo queriendo marcharme. La Patagonia, Islandia o Nueva Zelanda, cuanto más remoto, mejor. Todos sabemos que cuanto más lejos te vas, más se alejan tus fantasmas, claro, claro. Pero resulta que ahora mismo no tengo ni un duro. Así que, en medio de una iluminación celestial —con musiquilla y todo— y en un arranque de impulsividad, saco una mochila vieja del instituto y empiezo a buscar en internet la lista de lo indispensable para rellenarla. Dos shorts, dos camisetas, cuatro bragas, protección solar, cantimplora, gorra, impermeable, deportivas de montaña, chanclas, saco de dormir, tapones para las orejas, linterna.

Parece que me vaya de campamentos. Meto más de casi todo. Paso de la linterna y de los tapones. Tendré que agenciarme un impermeable. Voy al trastero y busco mi saco de dormir. Lo encuentro enterrado entre mucha mierda y es más grande que toda mi mochila. Le mando un mensaje a Laura, mi vecina y amiga —como Spiderman, pero además es mi prima—, y al cabo de cinco minutos me trae el suyo a casa. Pequeño y encajable.

—Así que al Camino, ¿eh?

—Eso parece.

—¿Cuál harás?

Vale, tengamos en cuenta que hasta hace hora y media no sabía qué iba a ser de mi vida, menos aún que había tropecientos caminos distintos. ¿Por qué se llama «el» Camino y no «los» Caminos, joder?

—¿Harás el típico?, ¿el francés?

Pon siempre una prima en tu vida para que dé respuestas a sus propias preguntas.

—Sí, ese mismo.

Digo yo que si es el típico será el que esté mejor acondicionado. O tal vez simplemente esté sucumbiendo a la masa. Yo qué sé, no le pidas mucha capacidad de decisión a una depresiva con dudas crónicas.

—Necesitarás Compeed. —Y ella sola, que también peca de soledad, y por ende de verborrea cuando ve a alguien, añade—: Para los pies, todo el mundo dice que salen unas ampollas que flipas.

Me pregunto quién será todo el mundo ese que le ha dicho a mi prima que salen esas ampollas. Pero va a su casa y me trae una caja de Compeed, de cuando salía de acampada con el *esplai*. Calculo que de eso hará como una década... o dos, pero no se lo digo, me parece faltón, aunque a lo mejor en unos días sus remedios se me descomponen en los pies.

—Gracias, compee... —interrumpo el chiste al ver lo lamentable que es, pero mi prima me sonríe compasiva. Así de mal me debe ver.

Me coge de la mano, en una de esas situaciones que me resultan incómodas, porque no sabes muy bien cuándo soltarte de ella y también porque creo que en los últimos años me he ido convirtiendo en una ermitaña llena de pinchos.

—Oye, todo irá bien. —Tiene pinta de que esta frase, con su arcoíris, ha venido para quedarse—. Y puedes volver cuando quieras, el Camino siempre está ahí y casi nadie lo hace de una sentada. Bueno, yo no conozco a nadie que lo haya hecho.

—Ya, bueno, yo voy y ya sobre la marcha...

Aún no me he estudiado el recorrido, así que no tengo idea de cuántos días dura la aventura.

Asiente y en su mirada veo a la par su bondad y su desconfianza hacia mí. O no, tal vez sea una mirada de esas de alguien que te conocía y ya no sabe muy bien quién eres. Auch. Duele. Al menos me suelta la mano.

Me voy al centro comercial y hago lo que más contraindican en todos los blogs que he leído —todos los que he podido en una tarde—: me compro unas deportivas de montaña nuevas. «Sobre todo, no vengas con un calzado nuevo.

Evita, bajo pena de ampollas aseguradas, estrenar zapatos». Las palabras van pavoneándose por mi mente mientras paso la tarjeta de crédito, que juraría que está anoréxica. A ver, voy a aclarar una cosa antes de parecer completamente imbécil: he ido directa a la única tienda de zapatos cómodos que conozco, los mismos que empezaron pareciendo ortopédicos y de abuela y que ahora se esfuerzan para parecer *cool* y captar también a la juventud. A mí ya me han ganado, aunque no es que sea un gran mérito; siempre he sido de las que prefieren la comodidad a la estética, lo opuesto a María Isabel. Yo no, yo soy una yaya joven. Los tops no han entrado nunca en invierno en mi casa. O, al menos, no conmigo. Ni los zapatos de tacón ni tampoco las bailarinas. Y los pitillos consiguieron colarse hasta que me di cuenta de que me cortaban la circulación y me daban gases, y los vendí por Wallapop; la verdad es que me los quitaron de las manos.

Veinte minutos más tarde, con mi calzado nuevo ya en la bolsa, voy a comprarme el chubasquero a la tienda de deportes, pero se ve que es tendencia —en un verano tan seco, todo superlógico—, porque no queda ni uno y tengo que ir a la sección de pesca, donde me agencio la última unidad. Espero no tener que usarlo, porque es una XXL que me llega hasta los pies. Es difícil de entender cómo no se caen más pescadores de los barcos vistiendo estos plásticos enormes. Me ahorro el drama de probármelo: si ya casi ni me miro en los espejos, imagínate si me veo con esas pintas. Para qué.

Vuelvo a casa y compro el billete de tren para Pamplona. Fecha, mañana. Pam. De ahí tendré que coger un bus a Roncesvalles. Bajo a la cocina en pleno subidón y se lo digo a mi madre, que se queda totalmente de piedra. Tanto que casi anulo el billete usando lo de defunción de un familiar. Al fin vuelve en sí.

—Pero... ¿estás segura? Nunca has caminado mucho... y no digamos en los últimos años... Tampoco es que estés muy en forma.

Mi madre tiene una confianza ciega en mi persona.

—Bueno, yo iré a mi ritmo, me pararé cuando ya no pueda más y, si veo que no tiro, pues me vuelvo, total...

Pero solo de pensar en estar de vuelta antes incluso de salir me da urticaria mental.

—La verdad es que yo no lo veo muy claro. Nada claro. Estás... mal.

Ten siempre una madre cerca que te anime a volar.

Y aquí hago una cosa muy hipócrita. La cojo de las manos, tal como ha hecho mi prima conmigo hace apenas unas horas.

—Mamá, necesito hacer algo. No puedo más. Y, de verdad, creo que me va a sentar bien. Confía en mí. Además, seguramente me vuelva cuando llegue a Logroño...

Veo la lucha interior para que sus labios no verbalicen lo que su razón quiere decir. Supongo que es de primero en el manual de madres que, cuando tu hija te pide que confíes en ella, finjas que lo haces.

—Está bien. Pero, por favor, ten el móvil siempre a mano.

—Sí, mamá.

Por la mañana, justo antes de marcharme, recupero mi tobillera de hilo, que tenía guardada en una caja roñosa. Cada verano me pongo una; no sé si es lo más práctico para andar, pero hace que me sienta yo misma. Y hace tiempo que yo ya no sé ni ser yo, porque estoy a cachos. Así que me la ato al pie por encima de los calcetines técnicos y las deportivas nuevas.

Y así es como sale una de su casa para el Camino. Con zapatos nuevos y el antidepresivo en la mochila del instituto.

Llego a Pamplona cuando aún quedan tres horas para que salga el bus que me llevará a Roncesvalles. Decido ir andando desde la estación de tren, que está bastante lejos del centro, pero he venido para eso, para caminar. Me detengo porque la mochila me pesa horrores. Sí, sé lo que estáis pensando. Me acostumbraré…, eso supongo…, ¿vale? Es verdad que al final me animé un poco y metí algunas cosas más en la bolsa. El neceser es muy grande, entre botecitos pequeños que no cierran bien y un arsenal de pastillas digno de una traficante novata. Suerte que no he tenido que pasar por ninguna aduana. El saco va colgando por fuera porque no cabía y me va golpeando las rodillas por detrás (¿cómo se llamará la parte trasera de las rodillas?).

Logro llegar al centro sudada como si hubiera venido a pie desde Barcelona. Me cuesta bastante, por no decir hora y media, decidir un restaurante donde comer, así de bien empieza mi momento de libertad. Acabo zampándome un menú de bar —potaje y bistec con patatas—, con la idea de que de esta forma cogeré energías (¿cómo iba yo a saber que en unos días mataría por un plato de verdura hervida y fruta?). Y por fin tomo ya el bus a Roncesvalles. Oigo unas vecinas de asiento que comentan que ellas empiezan desde allí porque la primera etapa, la de Saint Jean, es durísima. Mierda, y yo que me creía que empezaba por el inicio. Se ve que antes de empezar ya estoy escaqueándome.

Tampoco era muy difícil deducir que me faltaba alguna etapa si se llama el Camino Francés y yo lo iniciaba desde España.

Al mirar por la ventanilla, empiezo a ver caminantes, no de los blancos, sino de los que formaré parte a partir de mañana. Siento un escalofrío, pero no me dejo vencer por los miedos —que son muchos y muy variados—. También paso por un pueblo donde veo un caballo atado en el parking de una casa adosada. Todo muy normal. Y por fin, después de muuuucha curva, llegamos a Roncesvalles. Me fijo en que todo está a rebosar de peregrinos descansando, hablando en terrazas de bares o tirados por el césped. Como si Roncesvalles solo existiera como punto de partida del Camino. Código de vestimenta: chirucas y mochila. Me dirijo a la colegiata a comprar mi credencial y, allí, la mujer me pregunta que hasta dónde quiero llegar. Como si yo lo supiera. Suspira, me pone el primer sello y me desea buen Camino. Esta mujer debe de vernos como las maestras a los niños el primer día de parvulario. Aunque supongo que algunos, sabiendo que ya somos adultos, disimulamos nuestras ganas de echarnos a llorar. Porque todo el mundo sabe que los adultos no deben llorar. Pienso que esta mujer, que está justo al inicio, nunca ve el progreso de los peregrinos, la superación. Nunca ve el cambio de miradas y de postura, la victoria contra los miedos —o fantaseo con que todo esto pase—. Ella solo ve la mirada perdida y dudosa de unas personas que no sabe si serán capaces de acabarlo. Bueno, y también la ingenuidad y la energía de los otros, rebosantes de ganas de la experiencia y aún ignorantes de las ampollas y otras dificultades que vendrán.

Como yo soy de ir a contracorriente, en vez de quedarme a dormir en la colegiata, comenzar a socializar y compartir los miedos con toda la gente que hay allí, decido empezar el Camino ahora, poco antes de que anochezca. Muy lista no debo de ser. Tengo que confesar que en parte es porque me siento mal por no haber andado hoy, al ver a todos esos peregrinos agotados y llenos de barro. Paso al lado de un cartel que indica «Santiago de Compostela, 790». Me hago una selfi feliz. Suerte que no soy muy buena calculando distancias o me daría el primer soponcio al saber que pretendo andar casi ochocientos kilómetros. Bueno, de hecho, solo pretendo caminar unos días, lo más probable es que cuando llegue a Logroño me vuelva para casa.

Y, de repente, estoy sola. Sola sola. En medio de un bosque. Me doy la vuelta, nadie más parece seguir caminando hoy, todos han quedado atrás. Pero me animo —sí, yo solita—, ando hasta el primer pueblo y, una vez allí, me flipo y sigo hasta el segundo. Y en este confieso que saco mi móvil y busco alojamiento en Booking, porque aún no sé muy bien cómo va lo de los albergues, es de noche y no se ve ni un alma.

Tengo una reserva, pero soy incapaz de encontrar la casa. Me paseo arriba y abajo sobre el puntito del Maps hasta que me rindo y llamo por teléfono, aunque odio hablar por teléfono con desconocidos y siempre pongo una voz infantil como de dibujos animados. Me atiende alguien que parece que esté en una discoteca, por el jaleo que me llega a través del auricular. Que ahora viene. Vale. Miro alrededor, el pueblo minúsculo, callado y vacío, y me pregunto de dónde vendrá. Al cabo de unos minutos llega un chico/señor; está en ese intervalo en que no sabes bien dónde clasificarlo. Tal vez yo no esté tan lejos de ese intervalo. No, si a mí me llamas «señora» te meto un sopapo que te tragas los dientes. Abre la puerta de una casa rústica por fuera y moderna en su interior, y me enseña mi habitación. Anda, una habitación con una sola cama, yo que ya estaba dispuesta a compartir. Pero mejor así, poco a poco. Nunca he sido de adaptación rápida —por no decir que soy más lenta que un caracol moribundo—. Le pregunto si sabe dónde puedo comprar algo para cenar y desayunar y me dice que por la noche en el bar —entiendo que solo hay uno— y que para desayunar... Se queda pensativo y luego llama a alguien.

—Rosita, ¿me puedes abrir, que tengo una peregrina que necesita pa desayunar? —Me mira—. ¿Qué quieres?

—Lo que sea, jamón, atún... y... un tomate.

—El tomate ya te lo doy yo. —Y dirigiéndose al teléfono añade—: Jamón. Pues en dos minutos.

Cuelga.

—Ayyy, muchas gracias.

—Ayyy, muchas de nadas.

En otro momento, mi desconfianza me habría insinuado que ese señor se estaba burlando de mí, pero lo ha hecho de una forma simpática y le sonrío.

—Deja las cosas y te acompaño a donde Rosita, y luego yo ya me quedo ahí, que estaba a media canción, son las fiestas. Aquí tienes las llaves. Estás sola.

¿Estoy sola? ¿En toda la casa?

—¡El tomate! —grita para sí mismo, abre la puerta que está al lado de la de entrada y grita—: ¡Mamááá, sácame un par de tomates y se los das a…! ¿Cómo te llamas?

—Joana. Pero con uno ya hago…

—¡… a Yoana! En unos minutos, que ahora vamos a donde Rosita.

Se oye dentro una aprobación y salimos. Sonrío al ver cómo llevan la casa de huéspedes él y su madre, me hacen sentir a gusto. Aunque esté sola. Aunque todo esto sea una locura. Aunque tenga que tomar antidepresivos cada mañana.

Rosita, una mujer menuda y enérgica, me abre un pequeño ultramarinos que está dentro de su propia casa, en lo que sería la portería, y me vende el jamón.

—¿Y pan?

—No… Ya tengo, gracias.

Me da vergüenza decirle que no tomo gluten, porque puedo oírlos en mi cabeza diciéndome «Menudas gilipolleces, ahí va la hostia, pues con lo bueno que está el pan, estos de ciudad…». El chico —decido regalarle el elixir de la juventud— me enseña el bar y de paso descubro de dónde venía todo el jaleo: en medio de una plaza que no llega a serlo, todo el pueblo está reunido para cantar y bailar con unos trajes tradicionales bastante estrafalarios. A la izquierda, dos hombres con instrumentos en las manos esperan a un tercero, que era quien me ha venido a abrir. Qué vergüenza, les he interrumpido la fiesta. Bueno, no se les ve muy afectados, porque están enfrascados en una conversación y risas relajadas. El chico me invita a unirme, pero rechazo amable y me vuelvo para la casa con mi paquete de plástico con el jamón. Ni se me ha pasado por la cabeza pedir un aguacate como el que me tomo todas las mañanas.

La madre del chico abre la puerta en cuanto entro y me da dos tomates —dejo de insistir en que solo quiero uno, ya se lo dejaré aquí por la mañana cuando me vaya temprano—. Empieza una retahíla de preguntas que me acompañarán durante todo el Camino: de dónde vengo, hasta dónde quiero llegar. Barcelona y no lo sé. Le pregunto si ella ha hecho el Camino.

—Uy, no, pero me encanta veros a todos pasando por nuestras casas para hacerlo. Es una aventura única. No conozco a nadie que se arrepienta de haberlo hecho.

Le sonrío. Me da fuerzas y a la vez pavor. No quiero ser la primera en arrepentirme. No lo seré.

La alarma suena a las siete. Abro los ojos y sonrío al recordar dónde estoy. O, mejor dicho, dónde no estoy. No estoy en casa de mi madre viendo llegar otro día y deseando que vuelva a anochecer. Estoy haciendo algo. Acción, acción. Aunque sea ir de un punto a otro. Me unto los pies con vaselina antes de ponerme los calcetines. No me parece una idea muy brillante, pero mi prima ha insistido en que lo haga, y los blogs le dan la razón. Reorganizo la mochila, ya que aún no le he pillado el truquillo y ayer tuve que vaciarla casi entera para encontrar cada cosa.

La casa está en silencio. Voy a la cocina y preparo un bocadillo para ahora y otro para luego. Con mi pan que traía de casa, sin gluten, hecho migas y sin aceite ni sal, porque no los encuentro. Dejo el tomate y el jamón sobrantes en la nevera y escribo en un papelito que lo coja quien quiera. Me como el primer bocadillo sin hambre. Mi barriga aún parece estar digiriendo los huevos con chistorra y patatas que me sirvieron anoche y que podrían haber alimentado a una familia entera de *bigfoots*. Espero aguantar el cambio abrupto de alimentación. Con lo de la endometriosis me he acostumbrado a una dieta suave y sin gluten, frituras, carne roja y alimentos que ahora se consideran proinflamatorios —y que, probablemente, dentro de unos pocos años tengan otra etiqueta—. Todos estos cambios de alimentación siguiendo las directrices de tropecientos especialistas —que te vuelven loca, porque, además, al tratarse de una enfermedad tan desconocida, cada uno dice la suya— me hacen sentir mucha pereza de mí misma. Con lo que disfruto yo de unas buenas patatas bravas.

Antes de ponerme las deportivas, veo el libro de visitas y cotilleo lo que pone la gente. La mayoría escribe cosas en inglés o en su idioma natal. Así que añado un agradecimiento poco original en catalán y pongo la fecha, mi nombre y nacionalidad, como he visto que hacen los demás. Antes de cerrarlo dibujo un tomate. Me calzo sintiéndome una adulta madura y autónoma, y salgo a la calle. Coño, qué frío. Me adelanta un peregrino con gorra a paso ligero. No he andado ni un paso y ya estoy abriendo la mochila y rebuscando para encontrar la única camiseta de manga larga que he traído, que es la que uso como pijama. Y ahora sí, empiezo a caminar.

Llevo dos horas y no he visto ni un alma. Pensaba —o esperaba, no sé muy bien— que volvería a toparme con el chico que me ha adelantado al salir de casa, pero ni rastro. Tampoco sé si me apetecía por el simple hecho de encontrarme a alguien o porque, por lo poco que he visto, me ha parecido atractivo —esta mera idea me sorprende, porque hace años que no veo a los chicos, como si fueran Playmobiles vivientes—. Tal vez camino muy poco a poco. Pero, a ver, si fuera muy lenta, los que vinieran por detrás ya me hubieran alcanzado, digo yo. Y no, no me he perdido, el Camino está lleno de flechas amarillas y señales con la concha. De hecho, de momento parece una especie de yincana para adultos de lo bien indicado que está. Decido seguir andando un rato más y detenerme cuando pase por algún pueblo, para descansar e ir al baño.

Me siento enérgica, hacía siglos que no me notaba así. También tengo la sensación de llevar días por aquí, mucho tiempo caminando, cuando en realidad puedo contar las horas andadas. Es curioso el tiempo. Por ejemplo, cuando te sales de tu rutina y te vas de fin de semana, logras desconectar y parece que ese fin de semana tenga muchas más horas que uno que pasas tirada en el sofá y poniendo lavadoras. Pero ¿cómo pueden sesenta minutos causar un efecto tan distinto dependiendo de las circunstancias? Y no solo de las circunstancias, sino más bien de cómo las vives; había clases de química en el instituto que se me pasaban volando y otras en las que quería que me tiraran ácido sulfúrico en la cabeza de pura desesperación. No sé si aquí el tiempo pasa lento o rápido, pero no son ni las doce y casi he completado el día. ¡Un río! Salgo de mis elucubraciones tempofilosofales, me quito deportivas y mochila, y meto los pies en el agua, que está helada, pero da ese gustillo del contraste. Aunque tal vez el placer se ve incrementado por la de veces que me han repetido lo saludable que es meter los pies en agua helada, que va tan bien para la circulación... Y a mí, cuando me han dicho que algo es saludable, de repente me gusta más, al contrario de lo que les pasa a los niños con el brócoli. ¿Soy la paciente perfecta para el placebo? Tal vez.

    Me hago un selfi, rezando para que no se me caiga el móvil al agua, y se lo mando a mi madre y a mi prima, que me responden con emoticonos de aplausos y corazones. Cuando salgo, me siento en la roca para secarme los pies, dudo un momento porque solo tengo una toalla, la misma que uso para ducharme, pero me seco igual y vuelvo a embadurnarme con vaselina. Noto la roca caliente debajo de mí, respiro y tomo consciencia de que estoy en un pueblo perdido de España —a ver, el pueblo no está perdido, si acaso soy yo la que está perdida en él—. Sonrío. Miro al otro lado del río:

una peregrina, calculo un poco más joven que mi madre, me devuelve la sonrisa. Como sabiendo que a ambas nos une algo. Este viaje a solas pero rodeadas de personas haciendo lo mismo.

Cruzo el puente y me paro a comer en Zubiri —sí, a las doce—, y me sorprende ver a muchos peregrinos con chanclas. ¿Es que han acabado la jornada? ¿Qué van a hacer el resto del día? ¿Y qué haré yo cuando llegue a mi destino, que es el siguiente pueblo? No soy muy buena con las decisiones y la iniciativa —por si alguien no se había percatado todavía—, y de repente me asalta una pequeña angustia. Podría seguir andando más kilómetros de los que tenía previstos y así rellenar más horas. Pero no me parece prudente cargarme mucho el primer día —bueno, el segundo; bueno, el primer día y medio— y, además, anoche reservé alojamiento para hoy. Veo que en este pueblo hay mucho ambiente peregrino, era el que recomendaban como fin de etapa, supongo que vienen desde Roncesvalles. Yo, como siempre tan original, ya estoy haciendo paradas raras. He reservado alojamiento en un albergue de Urdaitz, un pueblo cuyo nombre no había oído en mi vida. Mientras miro cuántos kilómetros me quedan, engullo un pincho de tortilla sin pan. No había comido tantas veces sola en restaurantes y termino más deprisa de lo que querría, pues no tengo mucho más que hacer que mirar detenidamente el plato, que es blanco y no tiene mucha gracia.

Llego a Urdaitz a las tres. Es un pueblo minúsculo donde no hay nada aparte de casas. Nada que ver con Zubiri. De hecho, suerte que he comido allí antes, porque aquí no hay ni bar. Tampoco veo a nadie por las calles, pero, bueno, son las tres de la tarde en plena canícula de verano, yo también estaría dentro de casa repanchingada en el sofá.

Encuentro el albergue —sin buscarlo en el Maps: progreso adecuadamente—, con un cartel cuadrado clavado en dos palos que me recuerda a los que ponen en las casas en venta en las pelis norteamericanas. Pero el pueblo no tiene nada de americano, es todo de piedra y está rodeado de árboles. Llamo al timbre.

—Vete para el otro lado, por las escaleras de tu izquierda, derecha, ¡de tu derecha! *Right, stairs!*

No veo de dónde proviene la voz, así que abro la puerta y busco las escaleras. Las bajo y lo primero que veo es una piscina. Me gustan las piscinas, las adoro casi más que el mar —porque no puede salir ningún tiburón perdido y matarte del susto—. Lo que pasa es que de momento me siento poco peregrina con tantas comodidades.

Sale un hombre sin camiseta limpiándose las manos en un delantal; es obvio que he interrumpido su momento cocinillas. Me explica las cuatro cosas básicas —dónde están la ducha, la lavadora, a qué hora son la cena y el desayuno— y me deja elegir habitación y cama, pues no ha llegado nadie más. Experimento cierta frustración. Si bien he venido a hacer el Camino sola y a encontrarme a mí misma y bla bla bla, todo el mundo hablaba en los blogs de la importancia de los peregrinos con los que vas coincidiendo constantemente. Y de momento yo tengo el marcador a cero. Y eso que es agosto, se suponía que estaría abarrotado. Pero no es la primera vez que me pasa, cuando la mayoría de las personas se refieren a algún sitio en el que haces muchos amigos o conoces a mucha gente, a mí me ha pasado lo contrario. He ido a cursos de inglés en el extranjero, a fiestas y retiros, y he logrado no conocer a nadie —es una especie de logro a la inversa—. De todas formas, con el tiempo estoy comprendiendo que, a veces, lo que tengo la impresión de que espero que ocurra no es realmente lo mismo que quiero que suceda. Me digo que no pasa nada, que lo que más quiero en el mundo ahora mismo es estar bien yo sola, y luego ya lo que tenga que venir. Mientras lo pienso me doy cuenta de que, de hecho, me siento bien. Bien. Hacía tiempo que no relacionaba esa palabra conmigo. Estoy tranquila. Mi cerebro parece haber bajado de revoluciones y ya no va en quinta por una zona escolar.

Después de escribir en el diario, lavar los calcetines —que ya están marrones— y ducharme —que también empiezo a estar un poco marrón—, salgo al jardín, al lado de la piscina, y me pongo a hacer ejercicios que recuerdo muy vagamente de educación física, para estirar, ya que empiezo a notar las piernas cargadas —lo que me da una satisfacción masoquista—, y entonces oigo unas voces detrás de mí, bajando las escaleras.

—*Oh, my god!*
—*Swimming poool!!! Hello!*

Recompongo la postura, pues no hace falta recibirlos con el culo, literalmente, en pompa. Me presento rápido, contenta de sacar a pasear mis horas de inglés extraescolar. *Hello, hello.* Se trata de una chica pelirroja y extrovertida a primera vista, y un chico grandote que parece simpático pero agotado. Está anocheciendo, los hay más tardones que yo. Entran a la casa siguiendo al hospitalero y oigo que escogen la cama en la otra habitación. Oh…, bueno, así dormiré más tranquila. Al poco la chica sale a nadar y yo me siento con los pies en el agua, sin disimular mis ganas de socializar; yo, ganas de socializar. Fuerte.

—Está bueno, ¿eh? —dice con un marcado acento americano mientras se deja flotar en el agua.

No sé si se refiere al alemán que iba con ella.

—El agua. Digo, el agua está bueno.

—¡Ah, sí! Fría.

—Ah, es ella. Agua está buena, pues, no bueno.

Y seguimos hablando en inglés, ya que pronto vemos que nos es más fácil comunicarnos en su lengua. Se llama Kate y es de cerca de Pittsburgh, Pennsylvania. Vino para viajar a Portugal y allí le hablaron del Camino, así que se quedó y pretende hacerlo entero. Ha vivido en distintos países y dice que no se siente muy norteamericana. Me cuenta un montón de cosas en poco tiempo, casi me siento abrumada: pasar de tantas horas sola a Kate puede resultarlo. Pero estoy contenta. Sale Jose, el señor del albergue, y empieza a poner la mesa.

—*OMG*, son las siete. Hora de comer —exclama la norteamericana saliendo de la piscina.

—De cenar.

—*Yes*, de cenar.

Kate se va a cambiar rápido —es un eufemismo, tarda la hostia— y yo ayudo a Jose mientras sale el alemán, Michael, que ha estado durmiendo hasta ahora. Nos sentamos a la mesa y hablamos un rato en un inglés menos fluido. Michael es exmarine y profesor de algo así como fontanería, por lo que logro entender, pero bien podría ser que no tuviera nada que ver. Al fin llega Kate, menos mal, porque estoy muerta de hambre y, cuando estoy muy hambrienta, la tripa me suena tan fuerte que parece que tenga un pequeño alien rugiendo desde las entrañas. De hecho, si me pongo la mano en la barriga, puedo notarlo dando patadas. Atacamos el pollo con patatas y yo empiezo a echar de menos el verde, un poco de verdura, aunque sean unas aceitunas, un kiwi, algo. No puedo evitar contar que no tomo gluten ni lácteos, pero les ahorro las otras restricciones, pues ya me siento bastante friki yo solita. Veo que el tema alimentario en el Camino será complicado. Pero no me apetece que me recuerden como la catalana esa que no podía comer de nada. Y menos aún tener que dar explicaciones y entrar en las típicas conversaciones; que si antes no había tantas manías, que si es normal que con tanta contaminación haya tantas enfermedades, que si ahora se detectan más, que todo es un negocio, que si mi amiga tal y el otro pascual... Solo de pensarlo me metería una baguette con extra de queso en la boca para evitarlas.

Al llegar el postre se nos une Jose y nos cuenta su experiencia: hizo el Camino, se enamoró, recorrieron el mundo juntos y cogieron este albergue hace apenas dos años. Vive en el piso de arriba con su mujer, su suegra y tres hijas ya adolescentes. Se nos hace tarde entre vinos y flautas —bueno, en realidad el vino se lo toma casi todo el propietario, Kate y yo bebemos agua y Michael lleva tres Coca-Colas—. Nos damos las buenas noches y de manera natural quedamos en encontrarnos a la hora de desayunar. Cuando me meto dentro del saco de dormir me siento feliz, como un delfín brincando en mar abierto, porque yo he decidido sin ningún conocimiento cetáceo que son muy felices cuando saltan.

Al abrir los ojos a las seis puedo notar cada uno de los músculos de las piernas. Al poner los pies en el suelo e incorporarme descubro que aún había otras partes más que sentir. Me embadurno los pies y salgo como un robot hacia la mesa del desayuno. Michael ya está ahí, poniéndose tiritas en las varias ampollas que decoran sus pies; veo que mi prima no andaba equivocada, yo por suerte no tengo ninguna aún. Se ve que la primera etapa —sí, la que me salté— era durísima y encima les llovió, con lo que algunos estuvieron casi doce horas para terminarla. Comenzamos a desayunar sin Kate, pues parece que se toma su tiempo. Cuando al fin sale yo ya he acabado hace rato, así que nos despedimos como viejos amigos y yo empiezo sola mi día. Hoy pretendo llegar a Pamplona y ya no tengo alojamiento reservado ni nada previsto. Ando lenta porque mis piernas siguen perteneciendo más a Robocop que a mí. Como si el Camino supiera lo que necesito, en medio del bosque encuentro un palo de la medida perfecta, así que me sirvo de él como apoyo y le juro lealtad. Al cabo de unas horas oigo un «Johanaaaaah» detrás y al girarme veo a Michael con su mochila gigante, alzando su bastón, que es de tienda de deportes —no todos tienen la suerte de encontrar uno tan auténtico como el mío—. Nos reímos porque ni él sabe decir bien mi nombre ni yo el suyo. Seguimos andando juntos y nos vamos dando ánimos, pues los dos tenemos las piernas para echarlas al contenedor de la orgánica: bueno, él los pies; yo las piernas. Vamos muy lentos y nos extraña que Kate no nos haya alcanzado ya. Bordeamos un río y esperamos al siguiente pueblo para parar, pero no se acaba nunca y cada vez hablamos menos debido al agotamiento, aunque Michael va todo el rato animándome como si fuera un *coach* motivacional.

—Piensa en el sol, la playa... *Beach, sun...*

Y yo en un momento dado remato el mantra:

—*Watermelon.*

Porque estamos derretidos de calor, sin agua y totalmente agotados, y nada me apetece más que una buena sandía.

Al poco necesito detenerme y no quiero retrasar más a mi nuevo amigo, así que le pido que siga, que yo voy a meter los pies en la cubitera —alias río—. Lo veo inseguro, pero al final decide continuar, y cuando estoy en pleno remojo recibo un mensaje y suelto un grito al ver la foto de una sandía inmensa. Dice que el Camino provee lo que le pides, que el pueblo está al lado y que ha comprado provisiones. Me caen dos lágrimas de felicidad, porque una persona que ayer no conocía de nada ha parado a comprarme una sandía y me está animando a seguir. Es muy bonito. Y muy raro. Ojalá no fuera raro pero sí bonito.

Les pido a mis piernas un último esfuerzo para llegar a la

ubicación del alemán y cuando veo lo que ha comprado pienso que está como un cencerro. Sentado en un banco de una miniplazoleta, tiene a sus pies dos bolsas de la compra... llenas. Además de media sandía enorme, que debe de pesar como tres kilos, ha comprado más fruta, *snacks*, cuatro bebidas energéticas, un agua de dos litros y, atención, un bote de pepinillos gigante, de esos de cristal llenos de líquido. Se da cuenta de la dificultad para comer media sandía sin cubiertos ni nada, así que, haciendo gestos grandilocuentes, como de mimo, me pide que espere y entra en una carnicería. Vuelve con la sandía cortadita en cuadraditos y dos palillos largos de los que se usan para las brochetas. Creo que las personas que se atreven a probar suerte a menudo consiguen cosas. Y además dice que le han dado a probar un queso, pero que como yo no puedo tomar de eso no me ha guardado ningún trozo, y se toca la panza orgulloso, como diciendo «está todo aquí». No lo conozco y ya me parece una persona maravillosa.

Hemos hablado mucho, pero nada de por qué estamos haciendo el Camino, y más bien poco de quiénes somos en nuestra vida diaria, como si lo de aquí fuera una elipsis donde eres solo tu esencia, sin los aderezos de la cotidianidad.

Cuesta volver a arrancar, porque las piernas nos vuelven a doler y porque somos muy bestias y nos hemos zampado toda la sandía. Pero el sol está apretando, así que nos ponemos en marcha. Suerte que tengo mi palo. Aunque no pueda con mi alma ni con mi mochila, me ofrezco a llevar una de las dos bolsas de la compra, porque el alemán va cargadísimo. Pero a los dos pasos me cago en los pepinillos en vinagre. Le pregunto qué lleva en la mochila. Empieza a enumerar su equipaje y decidimos que en Pamplona le ayudaré a vaciarla un poco. Me pregunta si quiero que pillemos una habitación para dos en el albergue de Pamplona, para dormir mejor, pues estamos realmente destrozados. Y yo primero digo que vale y luego de repente siento como si la desconfianza que muchas llevamos siempre dentro volviera a mí desde Barcelona. ¿Y si quiere algo, y si es incómodo, y si es un psicópata, y si…? Pero no me da la gana. Si Michael fuera una chica, me hubiera parecido la mar de bien. No es justo. No es justo ni para nosotras ni para los buenos chicos del mundo. Creo que me estoy enhippiando por momentos. Diría que vislumbra mis dudas, porque mientras está reservando en su móvil dice en voz alta como para sí mismo: «Dos camas, perfecto». Y sonrío. Me parece que voy a aprender muchas cosas en este viaje.

Aún faltan cuatro kilómetros para llegar a Pamplona y ya no puedo más. Quiero ser un bebé y montar un berrinche y que me metan en el cochecito y quedarme frita. Pero no puedo, así que me desparramo sobre una mesa de picnic y obligo a mi amigo a comerse los pepinillos.

—¿Ahora?

—Ahora. Todos.

Ríe y me hace caso, lo que resulta bastante sorprendente y gratificante. Le mandamos un mensaje a Kate porque estamos un pelín preocupados, y nos responde con un pedazo audio —de esos que en Barcelona pasaría a doble velocidad— contándonos unas aventuras increíbles sobre la liberación de un caballo que se había enredado en un alambre. Me la imagino ahí, con los peregrinos que se iban parando a ver qué pasaba y buscando entre todos la mejor estrategia para ayudar al animal. Dice que está con unos coreanos y se la oye la mar de feliz y tranquila. Me alegro, pero pienso que hoy no va a llegar a Pamplona ni en sueños. Bueno, ella no parece preocupada, ¿verdad?, pues yo tampoco. Que tengo tendencia a hacerle de madre a todo el mundo…

Y lo logramos. Hemos estado andando siete horas y media, y llegamos al albergue como si hubiéramos recorrido un desierto descalzos y sin provisiones. Nos dejamos caer en la cama con menos glamour que una oveja mojada. Aunque ninguno de los dos conocemos la ciudad, ni nos planteamos visitarla. Michael tiene los pies destrozados y después de curárselos un poco cae rendido en la cama. Yo me quedo contestando wasaps de mi madre, que pretende parecer despreocupada.

Cómo van tus piernas? Y tu espalda?

Come bien, que pierdes mucha energía, cómprate frutos secos

Aquí estamos a 32 grados, y ahí?

Ole, mi niña, ya has andado un montón

Con lo que yo interpreto que quiere decir: ya te puedes volver, ¿no? Me la imagino mordiéndose las uñas y chequeando las noticias del Camino, no sea que aparezca una catalana muerta por agotamiento, deshidratación o asesinato. Me quiere mucho, y yo a ella. Lo que pasa es que a veces no sabes cómo comunicarte con aquellos a quienes más quieres. Sobre todo cuando cambian los roles y tienes que adaptarte al nuevo universo de ser dos adultas. Somos muy distintas, pero a la vez demasiado parecidas en algunos rasgos que nos hacen chocar. Este tiempo en su casa he estado tan TAN mal que no he tenido fuerzas para esforzarme en nuestra relación; cada vez me encerraba más en mi cuarto, como cuando era adolescente —ahora pienso que los depresivos y los adolescentes tienen muchas cosas en común, la primera es que dan mucha pereza—. Y ella tampoco ha parecido saber cómo ayudarme. Ahora pienso que eso debe de haberle resultado frustrante. Le contesto intentando transmitirle lo bien que estoy y obviando que ahora mismo me amputaría un ratito las piernas del dolor que siento. Después me obligo a darme una ducha, porque huelo a rayos, y rezo para poder dormir esta noche ya que mi compañero ronca como un camión que se está quedando sin gasolina. Por la noche vamos a por provisiones y evidentemente compramos demasiado; con este chico no se puede ir al súper. Al volver nos preparamos una cena muy rudimentaria en la habitación, cenamos en el escritorio que hay de cara a la pared y, sin darnos cuenta, ya estamos durmiendo. Estoy feliz cuando mi desconfianza no tiene razón de ser.

Michael tiene los pies como un dragón con sarampión, así que opta por quedarse en Pamplona al menos otro día más. Yo decido continuar, pero nos despedimos como quienes saben que volverán a verse. Le recuerdo que deje los libros en algún sitio; ayer, cuando le revisé la mochila, aluciné, porque el tío llevaba cuatro libros... Amo los libros, y de papel todavía más —soy una romántica poco sostenible—, pero no para el Camino —¿a quién se le ocurre?—. Tampoco es que lo haya visto leer ni una sola página. Me asegura que los dejará en cuanto encuentre un buen lugar. Algo es algo. Parece mentira que nos conociéramos hace apenas dos días. Tengo la sensación de que llevo media vida en el Camino. Es como un micromundo. Hoy avanzo más ligera y con la energía renovada. Le estoy cogiendo cariño al palo; es como mi gato, mi compañero en el Camino.

Hoy pasaré por el Alto del Perdón, uno de los puntos elevados que mi prima me reiteró que sería durillo. Sopla el viento y la subida no parece acabarse nunca. A medio camino me paro en el único bar que hay y me como un huevo duro. A falta de pan... Hay peregrinos descansando en los bancos de la iglesia. Aprovecho para poner un sello en la credencial, aunque evito quedarme dentro del edificio. No sé por qué no me gustan nada mis sensaciones cuando estoy dentro de una iglesia, tal vez sea porque siempre me han parecido muy oscuras. Y las religiones, turbias, aunque qué voy a saber yo, hablo desde la ignorancia de no haber pertenecido a ninguna. Mientras vuelvo a ponerme en marcha, pienso que cada cual busca maneras de hacerse la vida más llevadera y entiendo que creer en algo da consistencia, y más aún si es en comunidad: ayuda a focalizarte en un mundo tan disperso y lleno de estímulos variados y muchas veces antagónicos. A menudo he echado de menos creer en algo, excusarme en eso, tener fe. En general yo dudo de todo, pues no creo en verdades. Siempre he pensado que ser agnóstica era una decisión que yo había tomado activamente, pero ahora me planteo qué hubiera pasado de haber nacido en una familia creyente.

Sigo subiendo y en un momento dado me detengo agotada y miro los campos amarillos que están por debajo, y parecen un mar agitado por el viento. Bonito paisaje y maldita subida. Suerte que llevo un pañuelo atado en la cabeza, porque el aire sopla fuerte y me molesta en los oídos. Estoy cargada de puñetas, pero es que las puñetas molestan.

Pero cuando llego arriba... Estoy feliz. Hay unas esculturas planas en forma de peregrinos donde los peregrinos de carne y hueso se sacan fotos. Yo le pido a un señor francés si puede hacerme una y sin mucha vergüenza —algo sorprendente— me vuelvo de bronce imitando sus posturas. Le saco también una a él, que la mira sorprendido, pues me dice que no se había hecho ni una foto y le hace ilusión. Pienso en cuántas vidas e historias llevamos cada uno desde nuestros países y realidades. Cuando empiezo el descenso me sorprende una lágrima impulsiva deslizándose por mi mejilla. Hacía mucho que no lloraba, y de felicidad muchísimo más. Además, suelo verlo venir, pero esta lágrima parecía trazar su propio camino.

Kate me escribe a media mañana y me sorprende descubrir que está pisándome los talones, así que quedamos para comer. Por la tarde seguimos juntas y llegamos exhaustas al albergue de Puente de la Reina, donde una chica mística, que me mira como si me conociera de otra vida, nos da una habitación para dos que parece un tipi con el techo abierto. Ponemos una lavadora en común rezando para que no nos salga la ropa del tamaño de un Pinypon, ya que estaban borrados los programas de tanto uso. Vamos al bar antes de permitirnos sentarnos en la cama, pues eso supondría el final de nuestro día. Se nos une para cenar una pareja de españoles y Kate nos insiste en que hablemos en castellano, que así ella aprende, y es entonces cuando me doy cuenta de que hasta ahora he estado hablando exclusivamente en inglés, y es rarísimo, porque no tenía la sensación de estar andando por mi país. Otra vez esa sensación de micromundo.

Son majísimos, pero ya no los veremos más, porque ella

va coja y volverán para Pamplona. Por primera vez pienso en la idea de hacer el Camino en pareja. Me encanta estar haciéndolo sola y creo que es la mejor manera, pero también debe de ser una experiencia bonita que compartir. Si tienes a alguien con quien compartirla, claro. Decido no dejar entrar la tristeza por ningún poro. Estoy bien. Ahora y aquí. Bien. Y es verdad. Observo al chico mientras habla. Es atractivo. Parece interesante. De esos que nunca sé dónde se esconden y que cuando salen del escondite ya lo hacen emparejados. Seguramente no lo veré nunca más ni mi pensamiento va más allá, pero me doy cuenta de que al menos un chico me ha parecido atractivo. Dos, contando al de la gorra del primer día. Esto es un avance cósmico. No sé cuánto hacía que no veía lo que miraba. Kate se está durmiendo encima del bocadillo, así que nos despedimos y volvemos a la habitación. Charlamos un poco, tumbadas en la cama como cuando iba de campamentos, y en algún momento nos quedamos fritas.

Por la mañana, al salir, nos pegamos un susto de muerte porque al otro lado de la calle, sobre el capó de un coche aparcado, hay un cuerpo inmóvil, como si se hubiera caído de un quinto piso. Soltamos las mochilas y echamos a correr cual vigilantes de la playa sin glamour; no sabemos muy bien qué hacer, pero al acercarnos lo oímos roncar. No me lo puedo creer, qué coño... Le intentamos llamar la atención, pero nos hace señas para que le dejemos dormir tranquilo. Joder, qué susto... Recogemos las mochilas y seguimos avanzando inseguras de dejarlo ahí espachurrado, pero al cabo de unos metros vemos restos de la fiesta mayor de anoche y encontramos más jóvenes con una buena turca encima. Se ve que anoche, mientras nosotras dormíamos como dos bebés, en el mismo pueblo hubo una corrida de toros. Me quedo alucinada porque pensaba que estaban prohibidas, y entonces me avergüenzo un poco de mi país porque hay costumbres que me parecen de otra era. También tengo que decir que me avergüenzo de mi ignorancia al respecto, ya que Kate me pregunta, curiosa como siempre, y yo tengo que acudir al señor Google para responder a sus preguntas taurinas.

Por suerte, al poco empezamos a hablar de temas más sentimentales, y sobre estos sí que puedo divagar; literalmente estoy licenciada en esto, divagación sentimental o intentar entender cómo coño funcionamos los de esta especie —o Psicología, que siempre suena más pro—. Me confiesa que cree que nunca ha estado enamorada, sí obsesionada, pero no enamorada. Y que le da pena, que le gustaría sentir eso tan potente al menos una vez por alguien. Nos enfrascamos en una discusión sobre qué es realmente el amor y la dificultad de distinguirlo de tantas otras emociones. Me cuenta que sí ha tenido algo cercano a relaciones, con chicos y con chicas, pero que nunca acaban de funcionar: o ella entra demasiado intensa y los asusta, o simplemente no entra y los deja antes siquiera de que haya algo para dejar. Aunque dice que tampoco han sido demasiadas y que cree que, en general, la gente no la mira con esos ojos. Que tal vez no está hecha para eso. Que es muy independiente y vive una vida llena de aventuras, pero tal vez no de este tipo; que siempre se ha sentido rota por algún sitio.

Comparto con ella mi experiencia, que no dista tanto de la suya. No parecía gustar ni gustarme nadie. Hasta el día en que pasó, y estoy muy contenta de haberlo vivido, por mucho que haya dolido el después. Tanto que no sé si existe una palabra, imagen o canción que pueda llegar a describirlo. Soy consciente de que solamente fue una ruptura, que hay muchísimas personas que, por desgracia, viven situaciones infinitamente más graves y terribles. Lo sé, pero una no escoge el dolor que le provocan las cosas. He soportado muertes con mucha más fuerza y serenidad. Y, por supuesto, no todo es él; de hecho, él solo es la excusa externa para poder focalizar el dolor, la punta de un iceberg compuesto de muchas otras cosas que ni siquiera sabía que estaban convirtiéndose en hielo. Además, cuando lo lloro, no solo lo hago por lo que fuimos, también lloro la vida que quería tener junto a él, una vida en subjuntivo, pero por la que yo lo aposté todo —un error garrafal por mi parte— y que siento que me amputaron. Aunque sepa que el dolor es cosa mía y no suya, que alguien tenga el poder de robarte una posibilidad duele. Y hace que te encierres, para que nadie más que tú misma pueda privarte de lo que deseas. Y además el tiempo lo desdibuja todo, te hace dudar de lo que creíste real, dudas de si alguna vez te quiso de verdad, de si lo que tú sentías era siquiera amor. Hace que olvides de una forma extraña, como si nunca hubierais existido y te quedara una parte vacía dentro del cuerpo que lo desequilibra todo, un agujero negro que pesa demasiado. Y lo que ahora me provoca una pena vacua es que no sé si volverá a ocurrir, y más aún cuando ya lo has vivido con tanta intensidad. Tengo miedo de no saber volver a querer. Kate asiente, dice que se alegra de que, al menos, yo lo haya experimentado. Y yo deseo con todas mis fuerzas que esta persona radiante pueda vivirlo también. Y si puede ser que yo también lo viva otra vez, pues mejor que mejor. Pero ella antes, que con los deseos soy muy precavida, como si se tuviera que ir con pies de plomo a la hora de pedirlos.

Qué calor, por favor. Paramos a comer en un pueblo y me pido lo más suave que tienen, porque mi barriga parece enfadada conmigo, así que decido cuidarla. La chica china que regenta el restaurante se ofrece a prepararme una tortilla francesa y un remedio curativo. Trae agua hirviendo con limón y azúcar, y me dice que es lo mejor para el dolor. Me lo tomo a gusto, a pesar del calor que cae, y me doy cuenta de que en el Camino no dejo de sentirme agradecida con las personas. Como si no existiera la maldad, como si todas las teorías utópicas de convivencia y compasión estuvieran concentradas aquí. Me pasé la infancia pensando que yo era de otra especie porque esta me parecía cruel, mezquina y egoísta. Más tarde vi que yo también era igual y, aunque me esforzaba por ser mi mejor versión, comprendí la complejidad de las relaciones y de ser persona. Entenderse a uno mismo parece un laberinto de nivel inalcanzable, imagínate entenderte con alguien que está en su propio laberinto; es un cruce de cruces todo el rato. Pero aquí, estos días, está volviendo algo que me doy cuenta de que tenía desterrado: la esperanza. Y sí, estoy muuuuy hippy. Pero es verdad, el Camino tiene algo. Esa magia de la que todos los blogs hablaban… Creo que es un lugar donde todos nos permitimos ser lo que somos, sin el ruido ni las preocupaciones externas, lo que me lleva a pensar que, en realidad, de base, somos más bonitos de lo que parecemos, pero estamos muy sobrepasados por las circunstancias, cada cual las suyas, y los estímulos constantes. El ruido.

Tener cada día el simple objetivo de llegar de un punto a otro, y compartir ese objetivo es algo tan fácil como precioso. Creo que me están saliendo flores rosas de la cabeza y purpurina de las orejas.

Por la tarde, cuando entramos en el pueblo donde pasaremos la noche, vemos bajo un edificio de piedra maciza una pequeña tienda oscura y muy auténtica —aunque «auténtica» es otra de esas palabras como «normal», «original» o «moderna» que nunca sé muy bien qué significan—. Es una especie de cueva llena de objetos, de cestas de mimbre y de conchas. Conchas de vieira enormes, las que dan vida a todos los símbolos que marcan el Camino. A Kate se le ilumina la mirada y me pregunta cuál quiero, que no puedo ir por el Camino sin una concha. Me muero de la ilusión y le digo que la escoja ella. La veo estudiarlas mientras yo espero alegre en la puerta para recibir mi regalo, algo que no suele fascinarme, ya que soy más de hacer regalos que de recibirlos. Kate le pide al señor una blanca, grande, con la cruz roja que tienen todas dentro.

—Como veo que no te va mucho lo religioso... Dentro no se ve tanto.

La abrazo y le hago una foto con la concha en la mano, sonriendo con sus gafas y su gorro de safari en la cabeza. Me ato mi nueva concha a la mochila y, sí, me sigue saliendo purpurina de los orificios.

Cuando entramos en la habitación me doy cuenta de que es la primera vez que la compartiré con mucha más gente.

Hay una chica-señora de edad discutible que es la primera persona que me encuentro en el Camino que parece enfadada con la vida. La saludamos, pero ni nos mira.

Cenando, hablo con Kate de la mala energía que desprendía esa mujer, pero no sabemos por qué está aquí ni nada de su vida, así que decido que le intentaré mandar un poco de energía positiva, de esa que estoy creando junto a la purpurina. A veces quien más rechazo te provoca es quien más necesita. Cuando volvemos a la habitación esa señora seria ya está durmiendo, con tapones y antifaz, bien aislada del mundo exterior. Yo la miro un segundo intentando mandarle por ondas un poco de felicidad, que el Camino la ayude un poco con lo que sea que cargue encima. Estoy de un *flowerpower*...

Llevo andando con Kate dos días y, viendo nuestras jornadas de diez horas y la ola de calor que viene, hemos decidido que mañana empezaremos a las cinco de la mañana.

Al final son las seis menos diez cuando salimos a la calle preparadas con mochilas y palos —sí, Kate también tiene su bastón, más pulido, porque es comprado, pero de madera, como el mío—. Empezamos a andar bajo las estrellas y vemos a los peregrinos saliendo sigilosos de los distintos albergues del pueblo. Es una estampa curiosa, el pueblo durmiendo y los peregrinos emergiendo como caracoles bajo la lluvia. Ahora entiendo por qué no me encontraba a nadie: la gente madruga mogollón. Por eso cuando llego a los albergues todo el mundo parece llevar ya horas allí: básicamente porque así es.

Nos ponemos las pilas y al cabo de poco nos encontramos en la fuente del vino, una de las típicas paradas de las guías. Pero no sale vino, así que nos hacemos la foto para que no se diga, y continuamos. Kate habla con todo el mundo, parece ser famosa en el Camino, como si llevara treinta días más que yo. Habla cinco idiomas y chapurrea muchos más, así que se entiende con casi todo el mundo. Es increíble, porque, seas de donde seas, ella conoce tu región y te suelta algunas peculiaridades propias del lugar o la cultura. Me parece de esas personas que viven más vidas en una que el resto de los mortales. Yo voy a su lado feliz y tengo pequeñas conversaciones con algunos, pero en general ando tranquila y en silencio. A veces nos distanciamos un rato y vamos unos pasos por delante la una de la otra, y es genial que resulte tan fácil. Ahora la oigo detrás de mí hablando con un italiano de unos cincuenta años al que hemos conocido en la fuente esta mañana.

Llegamos a un bar en la cumbre de la montaña y pedimos dos pinchos de tortilla antes de ir al baño. Se me va a quedar cara de huevo, suerte que tengo el colesterol bajo.

Al salir, mientras le aguanto la puerta a Kate, oigo al italiano hablando con un chico afuera. Miro de reojo y veo que se hacen una foto juntos, aunque el otro va con gorra y gafas de sol, por lo que no le veo muy bien. Deben de conocerse de antes, aquí te vas encontrando con peregrinos que hace días que no veías y el reencuentro hace ilusión. Es todo muy peculiar. Salgo con Kate y el hombre se despide, pues pretende llegar mucho más lejos que nosotras y va a acelerar el ritmo. Saludamos al otro chico muy brevemente y Kate y yo nos sentamos a la mesa de delante; aunque estoy de espaldas, tengo la tentación de girarme para verle mejor. Al levantarnos para proseguir la marcha, vemos un charquito en el suelo y Kate avisa al chico de la gorra de que le está cayendo agua de la mochila, con lo que nos quedamos ahí de pie mientras él empieza a sacar cosas hasta encontrar una cantimplora, de esas que son como una bolsa, reventada. Le recojo una camiseta mojada que se le ha caído al suelo y le quito el polvo, porque le veo un poco estresado. Tiene unos rasgos muy bonitos. Es alto, moreno, lleva una gorra desgastada sobre el pelo larguito y despeinado de esa manera que a algunos privilegiados les queda bien. Con las gafas de sol no puedo intuirle los ojos. No sé muy bien por qué me deshago la coleta y me la vuelvo a recoger. Sin habernos puesto de acuerdo le esperamos mientras entra a comprar una botella de agua y arrancamos a caminar juntos. Él se ha colgado la camiseta que le he recogido del suelo en la mochila, como una capa, para que se seque. Kate enseguida encuentra el filón del que hablar, yo ando serena y los oigo unos pasos por detrás. No me he enterado de su nombre.

Sin que nos diéramos cuenta, el paisaje ha cambiado mientras bajábamos; hemos pasado de bosque a campo y ahora andamos entre un mar amarillo. Pasamos junto a unas balas de paja que parecen una muralla inmensa. Hace muchísimo calor, así que cuando vemos un árbol paramos a descansar a su sombra. Allí hay dos peregrinos más y aprovecho, cuando nos presentamos todos, para averiguar que el chico con el que veníamos se llama Nick y es de Inglaterra. Me como una barrita energética espachurrada mientras Kate habla con los otros, que son un matrimonio de Escocia que lleva andando cuatro meses, desde la puerta de su casa. Mis ojos se encuentran con los de Nick, que lleva las gafas en la cabeza. Descubro que los tiene bonitos, rasgados, diría que entre marrones y verdes, pero con el sol no los veo muy bien, y tampoco es plan de quedarme mirándolo fijamente, aunque él no parece tener ningún problema en hacerlo. Al poco viene y se sienta a mi lado. Sin ninguna excusa.

—¿Has visto las balas de paja?
—Sí. Daban ganas de escalarlas.
Y se levanta y me alarga la mano.
—*Really?*
—*Really really.*

Y empezamos a desandar nuestros pasos hacia las balas de paja que hemos pasado hace apenas un minuto. Kate nos pregunta adónde vamos y me siento mal porque me había olvidado de ella. Bueno, no olvidado, sabía que estaba ahí, pero... no lo sé, ni lo he pensado. Viene con nosotros y nos lo pasamos teta, como si fuéramos niños intentando escalarlas y haciéndonos fotos. Les hago una a ellos empujando la montaña amarilla y Kate nos hace una a los dos intentando saltar a la vez, la típica que hacíamos de adolescentes, pero nos corta la cabeza en la foto. Volvemos riendo a donde tenemos las mochilas y continuamos caminando como viejos amigos.

—*How many...?*

No acabamos de escuchar la pregunta de Kate porque Nick y yo a la vez nos ponemos a cantar lo mismo.

—*Hooooow many roads must a man walk down...*

Nos miramos incrédulos y reímos. Le pido disculpas a Kate y le pregunto qué decía. No importa. Seguimos andando y poco a poco vamos enlazando canciones. Sorprendentemente, aunque la mayoría de los temas que cantamos son conocidísimos y de artistas norteamericanos, Kate no se sabe ni una.

—Tengo muy mal oído y nunca me quedo con las letras. Pero cantad sin problemas, ¿eh?

Nick me dice que tengo una voz muy bonita y, aunque lo recibo como un cumplido educado, me llena de ilusión; me encanta la música y adoro cantar, pero siempre he sido consciente de mi mediocridad. Mi prima al menos canta muy mal, lo mío es un intermedio de esos sosos donde habitan la mayoría, y lo soso y lo común no tiene gracia. Le contesto que él también, pero no porque sea la respuesta conveniente, sino que soy muy sincera; tiene una voz preciosa y un oído brutal, es de esos capaces de acoplarse a ti haciendo otras voces. Al decírselo pone una mueca extraña, supongo que piensa justamente que se lo he dicho por educación y me da rabia, porque tan solo por ser la segunda en decirlo no debería menospreciarlo, pues en realidad canta muchísimo mejor que yo. O tal vez no piensa nada de eso, no lo sé, porque lo cierto es que, en otro mundo que no es este micromundo donde una hora parece un año, no le conozco de nada.

Hace muchísimo calor, pero después de parar para comer en un pueblo que está a rebosar de peregrinos se nos va un poco la olla y decidimos continuar hasta el siguiente, porque Michael nos ha dicho que está ya ahí… ¡y en un albergue con piscina! Cómo ha llegado tan rápido y saltándose un día —el día que se quedó descansando en Pamplona— es uno de esos misterios que no resolveré nunca. Empezamos a andar en medio de esa llanura amarilla embadurnados de crema solar que aún nos hace sudar más. Nick y yo nos esforzamos por seguir cantando, para avanzar sin ser tan conscientes de que Lorenzo está que lo peta. Al poco Kate se va quedando atrás y al girarme la veo sentada y me acerco a ella: está muy roja. Paramos y bebemos agua. Yo me acabo la mía en un descuido, pero no digo nada para no parecer idiota.

Kate abre una sombrilla y sigue andando bajo ella para recuperarse. De vez en cuando Nick y yo nos unimos a su pequeña sombra circular. Sí, hemos cometido una estupidez. Este calor es infernal y casi parece haber espejismos delante.

Vemos el pueblo a lo lejos, pero yo empiezo a estar mareada. Me siento un momento intentando disimular y Nick me dice que estoy muy roja. Los miro y parecen dos pimientos maduros, así que no me quejo.

Seguimos en silencio y al poco Kate me tira del brazo y me pone bajo la sombrilla, no la rechazo. Noto que Nick me coge la mochila y, aunque no entiendo el porqué, no tengo fuerzas para negarme. Cuando llegamos a la subida del pueblo veo motas de colores por doquier. Parece un caleidoscopio, como los que tenía mi abuela en casa. No sé cómo he acabado sentada en un banco de piedra y veo a Nick caminar muy rápido por la única calle del pueblo desierto. Vuelve en un minuto y le oigo como si estuviera más lejos.

—Kate, tráela aquí, hay un bar.

Kate me arrastra hasta Nick y me cambian de brazo como si fueran lazarillos. Nick me acompaña hasta una puerta y, tras abrirla, entramos en un local oscuro y frío. Aleluya. Noto mi lengua salivando, pero no puedo hablar.

—¿Aquarius?

Asiento.

—Y agua.

De repente mi cabeza se va para abajo y la pongo entre las piernas antes de desmayarme. Nick me incorpora y con suavidad me da tragos de Aquarius.

—Bebe poco a poco.

Noto algo frío en la cabeza.

—Bebed vosotros también.

—Estamos bebiendo, Joana, no te preocupes.

Cuando empiezo a ser consciente del show que estoy protagonizando y ya veo menos colorines a mi alrededor, noto chorros de agua que me caen por el pelo, del hielo que me sujeta Kate en la cabeza, y miro a mis amigos, que tienen su atención puesta en mí, aunque parecen agotados.

—Estamos locos.

Es todo lo que consigo decir, porque, de repente, entra una manada de mujeres que rondan los cincuenta cantando y bailando a pleno pulmón. Es una situación muy surrealista, dado que hace un minuto estábamos solos y medio moribundos en un pueblo que parecía desierto en pleno mediodía. Se ponen en medio del bar, retiran mesas y sillas, y siguen su baile, como si fuera la cosa más normal del mundo. Los tres las miramos desde el rincón exhaustos.

—Sí, estamos a cuarenta y dos grados a las tres de la tarde. Muy listos no somos.

Les sonrío, pero veo sus rostros preocupados.

—¿Estás bien?

—¿Y vosotros?

—Sí, nosotros sí, pero tú andabas haciendo eses. Peor que estas.

Vale, no era consciente de que estaba tan mal. Voy al baño y al verme en el espejo entiendo la diferencia entre rojos. Rozo el morado. Me lavo la cara y me pongo agua en la nuca y en las muñecas, como me enseñó mi madre a hacer antes de meterme en el mar cuando aún estaba haciendo la digestión —esas digestiones en las que además te hacían esperar tres horas después de comer, una norma que parece haberse desvanecido. Creo que los adultos solo querían echarse una siesta—. Si mi madre me viera así, le daba algo. Ha sido muy imprudente por mi parte; además, soy la única de los tres que está acostumbrada a estas olas de calor, debería haber tomado el control.

Cuando salgo del baño, el ruido se ha vuelto insufrible para mi cabeza insolada, así que salimos del bar para llegar al albergue, que está a dos kilómetros. Pensamos en pedir un taxi, pero este minipueblo está de fiesta mayor y no hay ningún taxista disponible. Dos kilómetros, venga, podemos conseguirlo, hemos hecho ya veintisiete hoy. Soñamos con la piscina. Antes de llegar, Nick me coge del brazo.

—La próxima vez me pides agua, por favor.

Y veo en sus ojos una mezcla entre súplica y preocupación que me hace sentir arropada como un cachorro en el vientre de su madre. Bueno, no exactamente así, pero se entiende el símil. Asiento y le sonrío. Él suspira.

Cuando hacemos el *check-in* en el albergue el chico alucina con nuestras pintas y nos acerca tres aguas, aunque le repetimos que acabamos de parar. Niega con la cabeza, como diciendo «estos peregrinos están mal de la cabeza». Sí, un poco mal sí, señor, la verdad. Discretamente le pido un termómetro y cuando llegamos a la habitación me lo pongo mientras cada cual se descalza, va al baño o hace sus cosas. Nick se me acerca con el primer pitido.

—¿A cuánto estás?

—A treinta y siete con siete.

Niega y me siento como una niña traviesa.

—Anda, coge el bañador, que te irá bien ponerte en remojo.

Entre pitos y flautas llegamos a la piscina diez minutos antes de que la cierren, y la verdad es que ya no apetece tanto, porque ha refrescado, pero con la paliza que nos hemos pegado para llegar hasta aquí nos bañamos sin rechistar. Hay peregrinos tumbados por el suelo, en las tumbonas y en unos taburetes más allá —somos fáciles de detectar por la marca del sol de los calcetines y de la camiseta—. Y de repente alguien hace la bomba y me moja todo el pelo, no me lo puedo creer.

—¡Michael!

Nos abrazamos y nos ponemos al día emocionados, aunque no me acordaba de lo mal que habla inglés. Kate y él salen del agua, y yo me quedo sola un ratito más y aprovecho para hacer estiramientos. Me fijo en Nick, con las gafas de sol puestas, un poco apartado en la zona de taburetes, mientras habla con una chica que se va enseguida muy sonriente; luego él saluda a Michael. Intuyo que se presentan; ah, claro, si no se conocen. Kate ya ha hablado con todas las personas que hay por aquí, creo.

Nos echan de la piscina y volvemos al albergue. Tengo frío y no dudo en culpar a Michael de su bomba, que me ha empapado el pelo. Después de la hora de duchas vamos los cuatro juntos al restaurante. Hacemos cola con otros peregrinos, se ve que tenemos un menú y un salón diferentes de la gente que no hace el Camino, así que me siento totalmente de campamentos. Y creo que ya tengo a mis cuatro fantásticos. Hace apenas dos horas que estamos juntos, y nos siento como los mosqueteros. Michael me habla en alemán, le encanta hacerlo, pero solo a mí, que le voy contestando «*ja, ja*» con acento alemán, como si pillara algo de lo que dice. Kate se ríe porque ella sí que le entiende. A saber qué estará diciendo. Después intenta que pronuncie bien su nombre —«Mischshschschsael», repetimos mil veces—, pero el sonido *ch* alemán me parece imposible de reproducir.

La cena es una de las mejores de toda mi vida, aunque apenas recuerdo lo que comemos. Michael es muy gracioso y creo que estamos todos como borrachos de sol, porque no podemos parar de reír, pero reír de verdad, descojonados. Aunque a Kate a menudo tenemos que aclararle lo que decimos en broma, porque se lo toma todo de forma literal, así que la avisamos con un «*jooooke*», aunque al poco no hace falta porque ya no decimos nada en serio. Reímos tanto que la comida nos sienta mal y no podemos ni acabarnos el postre. Voy al baño y cuando vuelvo me encuentro a un grupito despidiéndose de mis mosqueteros. Siento que nunca estoy cuando conocen a otra gente, como si hubiera personas que tienen un abanico social más grande que otras. El mío es como un abanico en miniatura, para hobbits. El de Kate es de gigantes, el de Michael es irregular, por momentos enorme y por momentos cerrado, y el de Nick... es muy curioso. Nick no parece nada expansivo, pero es como la miel que atrae a las moscas. Sí, es atra...yente.

Me siento y oigo que Michael le está diciendo algo a Kate, bromeando; está *on fire*:

—Sí, sí, ¡ya decía que me sonaba tu cara! Tú eres... *oh, my gooood.* —Hace una mueca muy exagerada entre el terror y la sorpresa—. ¡Eres una de las Spice Girls!

Y otra vez descojonados. Son esas cosas que cuando las cuentas no tienen ni pizca de gracia, porque es el cómo y el momento, pero os juro que pocas veces me he reído tanto.

Dejamos a Michael en el primer piso, en una habitación que huele mucho a pies, y subimos los tres a la nuestra, donde la mayoría ya duerme, y nos vamos cada uno a su cama, bastante lejos el uno del otro, pues, para variar, como hemos sido los últimos en llegar, ya estaban todas cogidas. Rebusco el pijama dentro de mi mochila lo mejor que puedo, pero, dado mi desorden natural, acaba casi todo desparramado en la cama. Gracias a la luz de la luna casi llena que se cuela por la ventana, veo desde donde estoy la cama de Nick. Se está quitando la camiseta y giro la cabeza rápido, mientras yo también me cambio en un momento. Me meto dentro del saco y entonces lo oigo:

—Ggghghgrgrhrghrg.

Es un ronquido exagerado. Muy exagerado. Se me escapa una risita. Pero al cabo de cinco minutos ya no me hace gracia, a los veinte odio a esa peregrina —porque es una mujer— y, a la hora, siento instintos asesinos. Necesito descansar, hoy más que nunca después de mi insolación. Pero esto es peor que dormirse encima de un bafle de discoteca. Veo que se enciende una luz de móvil en la cama de Nick, me mira y simula una pistola con los dedos en la sien. Sonrío y niego desesperada. Me siento mala persona por consolarme con que alguien más no pueda conciliar el sueño. En realidad, hay otros desesperados durante la noche, que chasquean la lengua de vez en cuando o resoplan. En un momento dado veo una sombra que se acerca al origen del problema y directamente le da golpecitos para intentar despertarla sin éxito, entonces la tumba de lado y el sonido mejora unos dos minutos. Miro la hora, las cuatro y veinte, en cuarenta minutos suena la alarma. Lo último que veo antes de dormirme es alguien que se marcha de la habitación.

—Madre mía, qué noche.
—Ah, pues yo no me he enterado de nada.
Nick y yo miramos flipando a nuestra compañera.
—¿Es que no lleváis tapones?
Y yo pienso en mi reacción de sobrada en casa cuando decidí no meter unos malditos tapones en la mochila. Hoy mismo me agencio unos sin falta.
—Yo sí que tengo tapones, pero esa chica necesita una habitación insonorizada a su alrededor —responde Nick.
Mientras unos se comen un plátano y los otros estiran un poco las piernas, discutimos sobre qué haríamos si roncáramos así: ¿compartir habitación y joder al personal o pagar una habitación privada? Aunque creo que con esos decibelios una pared tampoco sería suficiente. Antes de emprender la marcha aprovecho para pedirle a otro pere-

grino que nos saque una foto de los cuatro. Michael con media barriga saliéndole entre la cinta de la mochila y la cinturilla del pantalón, Kate a su lado con ojos sonrientes detrás de las gafas y mi cabeza apoyada en el hombro de Nick, que es el único que no sujeta un palo. En la segunda foto estamos igual, pero haciendo muecas. Estas siempre son mis favoritas. Me siento un poco infantil pidiendo que nos hagamos fotos, pero sé que en el futuro agradeceré estos recuerdos y tal vez ellos también. Hay breves momentos en los que pienso en el futuro, un futuro donde ellos probablemente solo serán parte de un pasado. De hecho, no sé si estaremos los cuatro juntos nunca más, ni siquiera mañana, ni siquiera dentro de una hora. Enseguida barro estos pensamientos con mi escoba mental, capaz de limpiar a voluntad cualquier inoportunidad.

—¿Cuál es tu mayor miedo?
Miro a Nick, que sonríe mientras me pregunta entre sereno y curioso. Michael y Kate van unos metros por detrás, se los oye a lo lejos. Estoy tentada de soltarle cualquier chorrada, pero hay algo en Nick que me hace ir hasta el fondo. Es de esas personas que te preguntan esperando una respuesta para reflexionar sobre ella, no solo para darte la suya.
—Mmm... Impulsivamente iba a decirte que la soledad, pero no, eso tal vez sería mi mayor tristeza, no miedo... Creo que es una respuesta muy típica, sería darme cuenta en el momento de morir de que no ha valido la pena el esfuerzo.
—¿El esfuerzo de qué?

—De vivir.

Enlentece el ritmo, me mira intenso, asiente y seguimos un rato en silencio.

—¿Y el tuyo?

—Volverme loco —responde sin titubear.

El grito de Michael nos hace darnos la vuelta.

—¡Johannah!

Nos detenemos hasta que nos alcanzan.

—Joahanna, tú eres la mejor, más fuerte *pilgrim* del mundo. Tú no paras en Logroño.

Y de repente noto todos los ojos fijos en mí. Coño, que hoy llegamos ya a Logroño. Mira qué rima. Les he dicho desde el principio que seguramente me volvería a casa al llegar a Logroño. Pero Logroño... es hoy.

—Johannah... *Not today.*

Y solo me hace falta mirarlos para saber que no, que *not today*. Que de momento sigo andando. Que ahora mismo no se me ocurre mejor sitio donde estar. Lo único que a veces echo un poco de menos es ver a mi gato, y si soy sincera casi ni pienso en él, porque sé que está muy bien en casa con mi madre, que lo estará atiborrando a sardinillas. Cuando vuelva me tirará el pienso por la cabeza.

Veo que Kate y Nick sonríen mientras Michael me alza por los aires, con mochila incorporada. Y seguimos como si no hubiera pasado nada. Michael empieza a cantar «Gimme Hope Jo'anna», y Nick se le une. Me siento querida. Como cuando te escogían la primera en clase de educación física.

Nos vamos encontrando con más peregrinos que los otros días, hay caras que ya me resultan familiares. En un momento dado perdemos a Michael, que iba por delante. Ya lo alcanzaremos, si no hoy, un día de estos; aquí cada cual necesita sus momentos y ahora Michael debe de tener el abanico cerrado. Kate nos enseña a Nick y a mí a mojar la gorra y el pañuelo que llevamos en la cabeza, y supone un gran alivio contra el calor. Ella sabe estos trucos de no sé qué viaje por el desierto. Esta chica parece sacada de la National Geographic.

Paramos en medio del bosque, donde hay una cabañita para peregrinos. Venden plátanos, huevos duros, zumo, café. Y te ponen un sello; es chulo, pero no de los más originales, los hay que tienen pinta de estar hechos a mano y otros que parecen la tarjeta de visita de un abogado. Ya tenemos unos cuantos, es emocionante ver cómo se va llenando la credencial. Nos sentamos en unas rocas y conocemos a un joven francés, alto, delgado y bronceado, al que le ríen los ojos. Se llama Kalet y nos reitera que no es francés a secas, que es de la Bretaña, lo que al principio me confunde, porque entre su inglés afrancesado y la obvia confusión pienso que habla de Gran Bretaña. Lleva una gorra deportiva con cordones debajo de la barbilla, un look surfero y una venda en la rodilla. Cada vez se ve más gente con una venda compresiva en un pie o en una rodilla. Esto parece *El juego del calamar*, la gente va cayendo a tu alrededor.

Sigo caminando y charlando con Nick mientras Kate y Kalet van por detrás. Hablar en el Camino es muy fácil, a pesar de las diferencias de idioma. Hacía tiempo que no tenía estas conversaciones tan fluidas sobre nada, en las que empiezas a filosofar y la temática va mutando. Me recuerda a las charlas en el coche. No sé por qué, tal vez sea lo de mirar hacia delante lo que te ayuda a transmitir con calma lo que pasa por tu cabeza. Con Nick, desde el primer momento, tengo unas conversaciones muy inspiradoras. Es curioso, porque no sé ni de qué trabaja ni cuál es su color favorito ni cuántos años tiene, pero sí conozco un poco, cada día más, cómo ve el mundo. Ahora estamos debatiendo acerca del éxito, un tema que a mí me repatea especialmente.

—Creo que hemos etiquetado como éxito cosas que para mí no deberían estar tan arriba.

—¿Por ejemplo?

—No lo sé. Primero, que al hablar de éxito casi siempre pensamos en el terreno laboral, y para mí esto ya es un error. Y un futbolista, un actor, lo que sea, no sé por qué los idolatramos tanto, ni que estuvieran salvando el mundo; solo hacen su trabajo, como parte de un equipo inmenso de trabajadores a los que no sigues por Instagram, ¿me explico? Bueno, y eso es otro tema, las redes sociales han hecho mucho daño... ¿Por qué nos interesa ver el día a día de la gente, sobre todo de famosos? Acabamos prestando más atención a con quién van a cenar que a su arte. Que ya les debe convenir a algunos que estemos atontados mirando idioteces en vez de pensar un poco. Porque tenemos un minuto libre y sacamos el móvil. Somos todos una especie de espías reprimidos muy aburridos.

Lo digo medio en broma, pero Nick solo esboza un cuarto de sonrisa. A ratos se pone serio y profundo, ya lo estoy descubriendo; entonces los ojos se le ponen más pequeñitos y achinados, como si se concentrara. Pero yo estoy disparada y sigo hablando:

—Y los famosos..., no sé..., no deben de saber ni quiénes son, entre el personaje público que se crean, la adulación, la crítica... Qué estrés. Deben de sentir mucha presión y confusión. Y un ego totalmente chalado. Creo que la fama es la enemiga del alma.

Mi compañero frunce el ceño; parece reflexivo, pero no llega a compartir sus pensamientos porque Kate nos alcanza.

—Kalet se ha quedado a descansar, le dolía la rodilla. ¿Sabéis? Duerme en una hamaca en cualquier punto del Camino. Le he dicho que, si encontramos dos árboles juntos en una buena zona para pasar la noche, le mandaré un mensaje.

Kate ya tiene su número de móvil, es increíble. Debo reconocer que, aunque no soy muy sociable, me hubiera gustado charlar un rato con ese chico, parecía interesante. Me da pena que se haya quedado atrás. Una vez leí un artículo que decía que en los ciento ochenta segundos posteriores a conocer a alguien ya puedes notar si hay conexión. En ese caso hablaba del amor, pero supongo que funciona con todo tipo de relaciones; hay personas que no te entran ya de primeras, ya sea por su voz, su energía arrolladora, su mirada. Pues a ese chico me hubiera gustado conocerlo un poco más, pero no me arrepiento porque cada momento con Nick es... No lo sé, simplemente me encantan. Sí, a veces lo quiero todo.

En la entrada de Logroño encontramos una fuente larguísima, casi como una piscina con varios pisos. Debe de tener como cien metros de largo, un palmo de alto, y se ven conchas dibujadas en el fondo. Hay una familia con un niño que chapotea feliz andando por dentro. Ni siquiera nos lo pensamos. Nos acercamos y nos quitamos los zapatos. El agua está fría y actúa como un bálsamo. El niño camina hacia nosotros y nos tira un poco de agua, su madre lo riñe, pero le dejamos claro que no tenemos ningún problema. Debe de tener unos tres años y me pongo a jugar con él a perseguirnos por la improvisada piscina. Kate y Nick descansan sentados en el borde de la fuente. Pienso en mis primos pequeños, los adoro, a ver si cuando vuelva aún están en el pueblo donde veraneo para pasar unos días con ellos. Joder, cuántas cosas me he perdido entre covids y tristezas. Una salpicadura me da en toda la espalda y en broma le pongo cara de enfado al niño, que huye riendo, esperando mi venganza. En ese momento llega Kalet con dos franceses más que se unen a nosotros. Me alegro de volver a coincidir con él. La familia se despide, la madre debe de ser de mi edad y la veo mirarnos con un punto de nostalgia. Tiene que ser difícil vivir aventuras como esta cuando tienes un churumbel por casa. Todo cambia. Y nadie se arrepiente, dicen, pero sí que deben de tener momentos donde ven sus vidas paralelas, las que podrían tener. Algo me pincha dentro, pero me lo trago, porque por primera vez no me arrepiento de mi realidad. Poder estar aquí, viviendo esta aventura.

Nos volvemos a despedir de Kalet y los otros dos franceses y vamos al albergue municipal, que es enorme y me aturde un poco: no me sienta bien tanta gente y estar en plena ciudad. Salimos a tomar tapas y todas las terrazas están llenas de peregrinos.

Miro a Nick, bajo su gorra y sus gafas de sol —bueno, de

sol y de noche, porque es de esos que no se las quitan nunca—, y le veo la misma cara que debo de tener yo.

—¿Vamos a un lugar más tranquilo?

—Totalmente de acuerdo.

Kate prefiere quedarse en una mesa con una veintena de peregrinos más, así que Nick y yo giramos por una calle estrecha hasta que vemos una pequeña taberna oscura. No es el lugar más bonito del mundo, pero estamos agotados y famélicos. Pedimos tapas de champiñones, ensaladilla rusa, patatas bravas, él unos pinchos de hamburguesa y pimientos, y yo una de sepia, y, en el último momento, añado una ensalada, pero como no tienen me ofrecen prepararme un poco de tomate aliñado. Algo es algo.

Nos quedamos en silencio esperando la comida, cansados pero cómodos. Es agradable poder compartir el silencio sin sentir la obligación de decir cualquier tontería para llenarlo; ya estamos bastante a tope de información absurda como para tener que seguir rellenando nuestras reservas. De hecho, me parece que todos necesitaríamos descomprimirnos un poco, vaciar en la papelera todo lo que guardamos y solo sirve de ruido de fondo. Cuando nos traen la primera tapa, la atacamos como dos buitres y poco a poco nos vamos cargando de energía, como si fuéramos los Sims y estuviéramos pasando de rojo a verde, cada vez con más rayitas positivas. Escucho la música que tienen puesta en el bar, ni era consciente de que la había, y empiezo a tararear a la vez que Nick. Sonreímos mientras continuamos cantando, acostumbrándonos ya a esta coordinación.

—¿Qué música te gusta? —me pregunta cuando se acaba el tema.

—Mmm... Pues me gustan las canciones, más que los grupos o cantantes. La mayoría de las veces ni tan siquiera sé de quién son. Me gustan y punto.

—Era Cat Stevens.

—Lo sé.

Sonríe. Tiene una sonrisa atractiva, y lo sabe. Cuántas habrán caído bajo ese medio labio torcido y los ojitos arrugados es... algo que no quiero saber. No le pregunto qué música le gusta a él porque la verdad es que me da un poco lo mismo que me empiece a enumerar grupos que lo más seguro es que olvidaré al momento. Porque eso también, tengo peor memoria que toda la familia de Dori reunida. Nick debía de ser de esos niños que preguntan mucho y recuerdan las respuestas.

Hace un rato que ya solo quedan en la mesa dos platillos vacíos y mi infusión a medias, pero ninguno hace el gesto de querer irse. Nos suena el móvil a la vez, Kate nos recuerda por el grupo que tenemos los cuatro —bautizado por mí como «Los Mosqueteros»— que el albergue cierra las puertas en diez minutos, y toda la calma les pasa el relevo a unas prisas que no deberían permitirse dos minutos de discusión por pagar a medias: que no, que no, que pago yo, que he comido más y que me apetece, *please*, *please*. Pero mi *contactless* es más rápido que su educación inglesa y él me mira como si no pudiera creerse la traición que acabo de cometer. Serpenteamos entre las calles, ahora tan abarrotadas que en un momento dado Nick me coge de la mano y no nos soltamos hasta la puerta del albergue, bajo la mirada paciente de la encargada de cerrar. Cuando llegamos a la habitación las luces ya están apagadas, así que nos dirigimos a nuestras literas en silencio. Kate está tumbada en la que se suponía que era la cama de Nick, pero lleva el antifaz puesto, así que no le preguntamos, y Nick se instala en la de ella, que está encima de la mía. Voy al baño a lavarme los dientes y a ponerme el pijama, y, cuando vuelvo, después de embutir la ropa en la mochila de cualquier manera, me tumbo en la cama, pero no tengo sueño, no sé si es por el *sprint* que nos hemos pegado para llegar antes de que cerraran o porque cada día que paso aquí tengo más energía, pero me quedo mirando al techo —en este caso, la cama de arriba— hasta que de repente cae un brazo. Pienso que Nick debe de haberse dormido, pero al poco su mano empieza a buscarme hasta que me toca el pelo y casi me saca un ojo. Río. No sé muy bien qué hacer, pero mi mano se adelanta a mi indecisión y le acaricia la suya. Ellas bailan hasta que en algún momento nos dormimos.

Empiezo a oír alguna alarma y sonidos de cremalleras, y miro la hora: las cuatro y media. Aún falta una hora para que suenen las nuestras. El brazo de Nick sigue colgando y pienso que mañana —bueno, hoy— le dolerá un montón, así que me incorporo un poco para devolvérselo a su cama, pero él abre lo mínimo los ojos —que parecen muy pequeñitos— y da unos golpecitos en su cama con la mano, invitándome a subir. No sé cuántos segundos dudo, pero pasamos esa última hora durmiendo abrazados de lado, él detrás de mí acariciándome el brazo. Y qué bien sienta.

Por la mañana, como si nada, los tres nos preparamos uno de esos desayunos lamentables a los que nos estamos acostumbrando. En mi caso pan duro —y sin gluten, doblemente duro— con una lata de atún, sin tomate ni sal ni la menor gracia. A las seis ya estamos enmochilados —lo de hacer la mochila es algo que me lleva demasiado rato cada mañana, bajo la risa coñera de mis compañeros—, con los pies embadurnados de vaselina y listos para la marcha.

Esta ola de calor parece no tener fin, pero ninguno se queja más de la cuenta porque ¿a quién se le ocurre hacer el Camino en agosto? Kate está hoy de bajón, y de rebote un poco los tres. Se mantiene por delante o por detrás de nosotros y respetamos su momento, parece cerrada en banda, ella que siempre habla con todo el mundo. Tampoco es que nos crucemos con demasiados peregrinos; no se entiende, todos seguimos el mismo recorrido y hay días que no paras de toparte con gente y otros en que parece que seas la única que está andando. Me duele la barriga, bueno, los ovarios, pero estamos en medio de la nada, así que le digo a Nick que necesito un momento de intimidad y me voy detrás de un arbusto. Si ahora vienen peregrinos por detrás me van a ver todo el culo, esperemos que a Murphy no le dé por asomar la cabeza. Bingo, me ha bajado la regla. Y he manchado un poco. Solo tengo el pantalón corto que llevo puesto, así que espero que no se vea mucho. Maldigo el arbusto que me pincha los tobillos mientras me pongo una compresa y oigo a Nick cantando unos metros más allá. Canta de puta madre y yo estoy cabreada, no me apetece tener la regla ahora —como si alguna vez apeteciera—, y no quiero admitir que el inglés tenga algo que ver con ello. Para nada. Es solo que es muy incómodo e inconveniente ir sangrando mientras caminas treinta kilómetros diarios bajo el sol de agosto. Salgo de mi arbusto-lavabo quitándome pinchos de los calcetines.

—¿Todo bien?

—Me ha bajado la regla. ¿Por?

—No sé, de repente tienes esta cara.

Y me imita poniendo unos morros de niño enfurruñadísimo. Consigue hacerme reír. Si le ha afectado que me haya bajado lo disimula muy bien, lo que aún me hace sentir más estúpida. Tengo un doctorado en montar castillos en el aire. Y no quiero. Sé lo que quiero en este viaje y solo tiene que ver conmigo.

Unos metros adelante vemos un monigote encima de una piedra, que resulta ser Kate hecha una bolita; parece que está llorando. Me siento a su lado y le acerco un pañuelo. Le toco la espalda, pero no sé muy bien lo que necesita. Y eso que tengo la carrera de Psicología, ole, yo. La animamos a levantarse, ya queda menos.

Entramos en Nájera casi en silencio. Kate está totalmente en su mundo, que no parece muy colorido hoy. En realidad, me gusta ver a las personas en todos sus estados y, cuando están vulnerables, es como si te dejaran entrar un poco más en su realidad. Antes me sentía mala persona cuando sentía esto, parecía que me gustase que la gente estuviera mal, pero no es eso. Es que a veces llevamos tantas capas protectoras que cuando estamos vulnerables parecemos más nosotros. Aunque sepa que no es exactamente así. Pero sí que somos un conjunto de todo, y a veces esta parte intentamos disimularla, con lo que no dejamos que nos vean enteros.

Michael nos ha mandado un mensaje diciendo que está como cuatro pueblos por delante, imposible de alcanzar, así que reservamos una habitación triple en un hostal oscuro, alto y estrecho, que me recuerda a la casa de la Orden del Fénix de Harry Potter, esa que se abre en medio de dos edificios. Kate quería una habitación con más gente, pero no había tres camas disponibles, así que cuando entramos se pone en la litera alta sin decir nada, Nick y yo nos repartimos las otras dos. Hoy no hemos comido nada y ya son las seis de la tarde, así que decidimos esperar a la cena, pero parecemos almas en pena deambulando por el pueblo.

Recibo un mensaje de mi prima que me hace sonreír: «Eres mi ídola». Nick me mira y no sé por qué le informo de que me ha escrito mi prima. Vamos charlando de nuestras familias mientras Kate nos sigue por detrás cabreada contra el mundo.

—… una hermana pequeña. Tiene veinti…, mierda, creo que ¿veintisiete? Trabaja en una clínica veterinaria.

Por cómo habla de su hermana puedo ver que la adora. Qué bonito, tener hermanos es algo que nunca podré conseguir. Hay pocas cosas que tengas la certeza de que nunca las tendrás. De pequeña, cada vez que me iba de campamentos, pensaba que encontraría allí una gemela escondida, que nos habían separado al nacer. Algunas películas infantiles causan traumas.

—¿Cuántos tienes tú?

—Treinta y cinco; tú, treinta y tres, ¿no?

—Sí. No me digas que la edad de Cristo.

Se ríe. Así que treinta y cinco y una hermana.

—La veré dentro de diez días, por su cumpleaños.

Primero sonrío y de golpe me quedo parada un milisegundo para tener un espasmo interno brutal.

—¿Cuándo te vas?

Y Nick se gira y me mira a los ojos. No, no me mira, me atraviesa con la mirada.

—Yo calculo que en León. Dentro de nueve días.

Y el mundo se para un poco mientras nos miramos hasta que Kate, que iba por detrás, nos dice que no sé qué bar no sé cuántos.

Nos sentamos en unos taburetes altos en un local muy moderno que no pega nada con nuestras pintas, pero a mí ahora eso me preocupa poco. Voy alternando entre mirar la carta y mirar a Nick. Él parece concentrado en la comida. Cuando al fin nos atienden, pedimos, pero con cada pregunta que le hacemos al camarero, él entra en la cocina a consultarla. No sé si me centrifuga más la cabeza o la barriga. Cada vez viene más gente y al poco nos enteramos de que es la inauguración, que abren hoy, menuda puntería. Tardan una hora en servirnos y estamos ya desfallecidos cuando nos traen unos platos de diseño, de esos que tienen más plato que comida. Pero pasamos de pedir más por la espera, así que nos conformamos con unas patatas chips de postre. Lo de comer en el Camino está siendo una odisea, y mucho más caro de lo que se esperaría; a veces incluso es más caro el menú del peregrino que el normal. Se ha vuelto un negocio, y qué cosa no. Nick sale a llamar a alguien mientras esperamos la cuenta, y aprovecho para hablar con Kate.

—¿Estás bien? ¿Puedo hacer algo?

—No... No quiero estar con vosotros.

—¿Cómo?

—Me siento en medio de vuestra superconexión y no debería estar aquí.

Me sorprende tanto que casi tengo que aguantarme los ojos para que no se me caigan.

—Kate, ¿qué dices?

—Cuando estaba Michael era distinto, pero con vosotros yo no pinto nada.

—Kate, pero a mí me encanta que estemos todos. Tengo la misma conexión con él que contigo y que con Michael.

—Joana. ¿En serio?

—¿Qué?

—Juntos creáis algo tan fuerte... y me alegro mucho por ti, pero quiero irme.

No consigo asimilar lo que me está diciendo. El día empeora con cada minuto y noto que me empieza a doler el corazón, que llevaba unos días tranquilo, como si alguien me estrujara el órgano, como si fuera *slime*.

—Kate, de verdad, lo siento, lo siento muchísimo, no quería que te sintieras así, no era consciente.

No era consciente para nada, y eso aún me hace sentir peor.

—No me pidas perdón, no has hecho nada.

Y aquí noto que me empiezan a caer unos goterones enormes. Con lo poco que me gustan los dramas y lo que me costaba antes llorar.

—No, no, no es culpa tuya, Joana.

—Hombre, sí, dices que te has sentido desplazada y lo siento muchísimo. De verdad, Kate, nunca he...

—No es eso, joder. ¿Es que no te das cuenta?

—¿De qué?

Le suplico con la mirada, estoy asustada y triste, como Bambi cuando muere su madre. Bueno, tal vez eso sea exagerar, pero, de verdad, estoy sintiendo muchas cosas ahora mismo.

—Mira, ¿sabes qué? Hablaré con Nick y le diré que mañana andaremos tú y yo solas, ¿vale?

—¡No! Joana…, tienes que vivir esto. Lo que pasa cuando estáis juntos no es frecuente.

—Pero, Kate, yo estoy feliz de haberos conocido a todos y cada uno de vosotros.

Y lo digo sincera y casi enfadada, porque veo que no me cree, y es muy frustrante. Adoro mi Camino, adoro a estas tres personas. No quiero romperlo por nada del mundo. Y odio tener estas discusiones de párvulos.

—Lo sé. Tranquila, no llores.

Nick vuelve y nos pilla en pleno melodrama, así que voy un segundo al baño antes de marcharnos del local. Odio este día. Llegamos a la habitación y en ese momento de baños, dientes y pijamas me meto en la cama y me enrosco como un ovillo. Antes de dormirme noto una caricia en el brazo y abro los ojos, que se encuentran con un Nick que me pregunta si va todo bien antes de irse hacia su cama. Evidentemente le digo que sí, que sí.

Por la mañana, Kate no se levanta con la alarma y, cuando Nick sale de la habitación, me dice que no vendrá con nosotros. Pensaba que ya estaba, que ayer le había dejado claro que para mí son todos iguales, pero me hundo un poco más y dos lágrimas vuelven a rodar por mis mejillas. Joder con las hormonas.

—Si alcanzamos a Michael, ¿vendrás?

Asiente tímida, se gira en la cama y me da la espalda.

Bajo las escaleras y Nick me pregunta con la mirada.

—Hoy no viene con nosotros.

Pero él no añade nada más, no parece tan sorprendido como yo y de repente me da rabia. Como si a él ya le fuera bien. Qué horror, vuelvo a sentirme como con doce años, cuando se tenían esos problemas de amistad en los que se creaba una montaña de la nada porque alguien un día era amigo tuyo y al siguiente ya no, y que si esa le ha dicho a la otra que tú le habías dicho que… Voy a buscar mis zapatillas a la entrada y al ponérmelas noto dolor entre dos dedos y descubro una pequeña ampolla. Y ojo, que en vez de enfadarme me hace ilusión. Porque todos han tenido ampollas y yo no. Es de lo más estúpido, pero es así. A veces necesitamos sentir el dolor, la dificultad, para gozar de la alegría, todo eso de que sin esfuerzo no hay recompensa y tal. Somos de lo más absurdos. Un hombre que estaba preparándose para salir empieza a sacar cosas de su mochila para encontrar una aguja y una venda, y de repente él y Nick están como dos cirujanos con mi pie en las manos. Aunque estoy triste sabiendo que Kate está arriba, me siguen encantando estas pequeñas cosas que solo parecen pasar aquí. El hombre, que es canadiense, se despide, y Nick y yo salimos a la calle silenciosa y empezamos a andar.

—Sht, sht.

Me giro, pero no veo a nadie.

—Eh, vosotros, esperad ahí.

Joder, qué susto. Obedecemos a una voz femenina que aún no sabemos de dónde sale —no sé por qué, tal vez porque somos dos seres obedientes o curiosos, o víctimas potenciales—. De repente se asoma de un balcón una mujer de pelo canoso y nos tira dos... ¿pañuelos?

—Para que os den suerte. Buen Camino.

Y se va. Nick y yo nos miramos y recogemos del suelo lo que ha lanzado, lo desplegamos y vemos ¡dos tréboles de cuatro hojas! Flipo mucho más que mi compañero y grito un gracias por si la señora aún está por ahí. De pequeña siempre que veía tréboles empezaba a buscar uno de cuatro hojas. Nunca encontré ninguno. Y hoy, una mujer que no nos conoce de nada, porque sí, nos ha regalado dos. ¿Quién me hubiera dicho hace un mes que hoy estaría feliz y agradecida de estar viva? Hay momentos que compensan. No sé si esto compensa los últimos tres años, pero empiezo a pensar que sí. Estoy renaciendo, como un fénix. Nick me pide que los guarde yo, así que los meto con mucho cuidado, envueltos en el pañuelo, en la libreta, bien planos, como cuando en el colegio secábamos flores.

—Esto ha sido bastante mágico, ¿eh, Ju?

—Pues sí.

Seguimos andando y el día se vuelve fácil y bonito, a pesar de Kate y de mi regla. Y me gusta que me llame Ju. Mis cambios de estado son dignos de estudio.

A media mañana empieza a lloviznar y saco mi chubasquero de pescador; cuando me lo pongo, Nick se parte de risa mientras yo estiro los brazos y ando como un fantasma. Es inmenso, hasta los pies y más allá de las manos.

—Estoy sexy, ¿eh?

—Más que nunca, mucho mejor que con esos shorts.

Me ruborizo un poco.

—Estás adorable.

Y me abraza y me levanta con el chubasquero, y nos quedamos abrazados con mi mejilla en su hombro. Pero llueve y enseguida volvemos a andar hasta un pueblo donde nos paramos en un banco a cubierto. Nick me hace una foto mientras estoy intentando estirar un poco, sentada en el banco, con el chubasquero cubriéndome a mí y la mochila. Y el palo recostado. Es una foto muy rara, parezco un mochi mal acabado, y él la edita añadiendo con letras ADOPTA UNA CATALANA. Y nos reímos mientras le doy un golpe en broma. No sé por qué tengo esta tendencia a pegar a los hombres, quizá tendría que consultarlo. Pero lo compenso rápido tirando de él hacia mí porque venía un coche, y acabo de salvar a mi compañero, que estaba en la calzada. Aunque él niega que lo haya salvado, dice que el coche iba a veinte por hora y que yo solo quería una excusa para abrazarle; entonces es él quien me abraza mientras yo protesto y me despeina.

No sé qué haré cuando vuelva sin estas personas, sin esta magia, sin estos objetivos diarios. Prefiero no pensarlo. Nick me aparta un pelo de la cara; entre sus arrumacos, la lluvia, el pañuelo que siempre llevo atado en la cabeza y la capucha, debo de tener el pelo como Chucky. Lo miro y me da rabia lo guapo que es. Todo sería más fácil si fuera más feo. Pero mucho más feo. O no, quién sabe. Siempre he dicho que la guapura está sobrevalorada, es el atractivo lo que nos hace perder la cabeza. Pero él lo es todo, guapo y atractivo. E inteligente, bueno, interesante y... Mierda.

Seguimos atravesando esos mares amarillos sin un árbol para cobijarnos ni una fuente para reponernos. De repente vemos unas balas de paja y los dos nos ponemos a correr. Nos subimos en una que está sola y es más alcanzable que las altísimas torres que forman en conjunto. Apoyo el móvil en la mochila y nos hago una foto. Nick me coge por la cintura y yo alzo el palo, se nos ve felices. Y de repente lo oímos.

—*Musketeeeeeeers!*

Michael viene hacia nosotros y nos fundimos en un abrazo lleno de sudor e ilusión. Seguimos andando, cantando y poniéndonos al día, pero a mí me empieza a doler mucho la barriga y a bajar la energía drásticamente. Necesito un baño, pero no hay ninguno a la vista, así que encontramos una especie de iglú de piedra y me cambio allí mientras mis amigos actúan de guardianes. Evidentemente, no hay papeleras a la vista. ¿Por qué siempre me pasa esto cuando no está Kate? Al final de la cuesta se ve un pueblo y busco en el móvil si hay alojamiento, porque me estoy mareando, pero no hay nada. Cuando llegamos arriba les digo que tengo que parar, que sigan ellos, pero me hacen caso omiso y se sientan conmigo en un parque infantil desierto con estos cuarenta grados. Pongo la cabeza bajo una fuente, pero no se me pasa. Michael me está hablando en alemán todo el rato y hoy lo mataría. Cómo se nota que no tienen la regla.

—Chicos, voy a pedir un taxi, no creo que pueda continuar.

—Vale, te acompaño.

—Michael, no hace falta.

—No, sí, sí, yo contigo, Nick que ande y nos encontramos allí.

Nick se ríe del morro del alemán. Llamo a tres compañías, las primeras que aparecen en el buscador, pero parece que llame a teléfonos personales. Un hombre resopla y me dice que es hora de comer; el otro, que tiene a los niños, que si quiero me recoge en tres horas. Hombre, pues no. El tercero acepta, aunque parece que me haga un grandísimo favor. El taxi tarda casi media hora en llegar, algo a lo que no estoy acostumbrada viviendo en Barcelona, donde todo parece al alcance de la mano, pero me gusta entender que no lo está, que detrás de cada cosa hay personas que hacen que llegue hasta ti. Confieso que siento una pena muy tonta cuando nos despedimos de Nick desde la ventanilla. El taxi casi ha arrancado cuando aparece un hombre gritando y cojeando.

—¿Puedo subir con vosotros?

—Claro, vamos a Santo Domingo de la Calzada.

—Sí, ok, todo me va bien. No puedo más, me duele mucho la rodilla.

Y así es como acabamos tres peregrinos en un taxi. Michael parece encantado. Le miro:

—Ya sé cómo avanzas tanto. He encontrado tu truco. Taxi.

—No, no, yo vengo para cuidarte, tú muy enferma.

Anda que no. Michael me dice que tienes que pedirle al Camino lo que necesitas. Me río: al Camino no, a Radio Teletaxi.

Le envío un mensaje a Kate diciendo que hemos encontrado a Michael y que si quiere pasar la noche con nosotros, dice que sí, así que cuando llegamos al albergue reservamos dos habitaciones dobles y yo me tumbo a dormir en una y Michael se va a la otra.

No sé cuántas horas pasan hasta que oigo a Kate y Nick, capaces de despertar a un vecindario. Están riendo; bueno, mira, eso es un avance. Los llamo y entran, rojos y sudados. Kate me cuenta acelerada que se han encontrado caminando, que ella lo ha visto en lo alto de una colina y le ha empezado a hacer aspavientos, pero él no la ha visto, así que ha acelerado el paso hasta que lo ha atrapado. Mientras Kate va a la ducha, Nick se tumba a mi lado en la cama.

—Te has escaqueado, ahora ya no te darán la credencial.

—Tú calla, que te vas en nueve días.

—Ocho.

—Te odio.

Y me coge de la mano. Nos quedamos así hasta que vuelve mi compañera de cuarto y Nick se va al suyo.

—¿Quieres que duerma con Michael y...?

—Sht. Estoy feliz que estés aquí. Los cuatro otra vez.

Antes de salir a cenar me compro unos shorts muy cutres por si vuelvo a manchar y un rotulador para que firmen la concha. Mis mosqueteros estampan su nombre en el interior. Nick añade THANK YOU FOR SAVING MY LIFE, burlándose de mi heroicidad al salvarlo de un atropello esta mañana. Vamos a cenar y Kate nos presenta a otro norteamericano, Gary, al que ha conocido cuando andaba sola. Es increíble su habilidad para conocer gente, solo hemos estado separados unas horas y ya trae a alguien. Es un hombre pelirrojo, vestido con polo y pantalones caquis de esos de bolsillos, como de cazador de cocodrilos. Está muy rojo por el sol y mira raro; de hecho, mira mucho a Nick. Michael vuelve a beber más de dos Coca-Colas y yo pienso que eso no es nada bueno —soy muy lista—. Me entero de poco durante la cena porque estoy KO a pesar de haber dormido medio día. Creo que mis niveles de hierro son inexistentes, tendré que agenciarme unos berberechos. Con mis anemias constantes, mi madre leyó que tienen más hierro que un bistec y me obligaba a tomar una lata con cada regla. Y yo, que siempre he sido responsable, me sacrificaba: unos berberechos buenos con su limón, vinagre y pimentón, y, para subir un poco la tensión, unas patatitas y aceitunas para acompañar. Pobre de mí.

—¿Verdad, Joana?

—¿Qué?

Como hablan en inglés, aún es más fácil desconectar, así que no me he enterado de nada y cuando acabo mi plato me retiro a la habitación.

Al sonar la alarma no me veo capaz de levantarme, me duelen muchísimo la barriga y las lumbares, así que le digo a Kate que vayan tirando, que yo tomaré un bus o lo que encuentre. Antes de irse pasan por la puerta los tres y se cachondean de mí.

—Johanna, si pides más taxis te echarán del Camino.
—Entre que no hizo la primera etapa y esto...
—Y mira cómo tiene la habitación, todo desparramado, no sabe ni hacerse la mochila.

Les hago unos pucheros, que es todo lo que el cuerpo me permite, y antes de cerrar la puerta Nick me lanza un beso.

Me despierto a las nueve como si fueran las cuatro de la tarde. Bajo a buscar la parada de autobuses y a desayunar. Miro los horarios: faltan dos horas para el siguiente bus, porque acabo de perder uno. Entonces veo en la terraza de un bar a Kalet, el francés surfero, con dos peregrinos más. Me siento con ellos en un acto muy normal que a mí se me antoja muy valiente —sí, pertenezco a ese grupo aburrido de tímidas que siempre piensan que sobran—. Están todos lesionados. Kalet me pregunta por Nick, y yo, contrariada, le digo que Nick, Kate y Michael me esperan en el siguiente pueblo. Se miran, a veces siento como si todo el mundo supiera cosas que yo no.

Kalet se va hoy hacia Bilbao a descansar a casa de una amiga. El otro chico, que tiene cara de buena persona, tiene que dejar el Camino porque su lesión no le permite seguir, y la chica está esperando a otra que la llevará en coche. Le pregunto si me puedo unir. Claro. Pienso que cuando me atrevo a acercarme, a preguntar, todo parece más sencillo de lo que mi cabeza prevé. Vamos, que hacer las cosas en vez de montarte en tu cabeza miles de posibilidades te ahorra mucho tiempo. Nota mental para recordar en el futuro.

Desayunamos y charlamos, somos la mesa de los despojos de peregrino. Ayudamos a Kalet a fabricar un cartel para hacer autostop con un cartón que nos da la camarera y mi rotulador, con el que escribe BILBAO en letras grandes. Al acabar la obra de arte se aleja para comprobar si se lee bien desde la distancia. Las otras mesas lo miran alucinadas. Va descalzo, con la pierna medio vendada y un cartel de cartón levantado en medio de una calle peatonal abarrotada de veraneantes. Me encanta este chico. Le da absolutamente igual lo que piense la gente —entendiendo por «gente» un ente colectivo sin personalidad—. Le hago fotos para que compruebe si su obra maestra cumple su función. Me da pena que se vaya, seguramente no lo veré nunca más, pero estoy agradecida de haber podido compartir un rato con él.

Cuando lo conocí quería volver a coincidir. ¿Lo ves? El Camino provee, como dice Michael.

Firman mi concha, que cada vez tiene más nombres en su interior. Kalet se despide y me da su teléfono para que le mande las fotos que le he hecho con el cartel. Más tarde, el otro chico también se va y nos quedamos la chica y yo solas. Se llama Diana, es medio italiana medio francesa y me cuenta que la chica que vendrá en coche está haciendo un documental sobre el Camino. Va y viene, anda y vuelve a buscar el coche. Menudo trajín, pienso. Cuando todos llegamos muertos al albergue, ella se vuelve andando para ir a buscar el coche.

Al final, la cineasta llega más tarde de lo previsto, la verdad es que hubiera llegado mucho antes en bus. Me siento en el asiento de atrás entre cámaras, trípodes, cajas de comida y bolsas. Cuando la conductora invade de pleno el carril contrario intento decírselo rápido sin causar el pánico, y corrige el rumbo con cara asustada y nos pide perdón. Dice que suerte que iba con ellas, que en su país las señales de tráfico no son así y, bueno, que se sacó el carnet hace nada —esto me resulta más creíble, ya que espero que las señales sí se parezcan de un país a otro; si no, somos tontos de remate—. Espero llegar sana y salva. Además, compartir algo tan trascendental como morirse con dos desconocidas sería muy desconcertante. Ellas hablan delante y pronto me pierdo mirando por la ventanilla cómo vamos adelantando peregrinos. Cambio de perspectiva: esto es lo que ven cada día los coches que nos adelantan. Pienso que esto del Camino es un gran invento, ¿a quién no le va bien la naturaleza, el ejercicio y tener objetivos? Llevo años dándole vueltas a la idea de unos campamentos para adultos y, mira por dónde, he encontrado algo mejor. Un micromundo seguro que a la vez te hace sentir libre. Porque pocas veces me he sentido más libre que aquí.

Cuando llegamos a Belorado —sí, lo hemos logrado—, nos despedimos y voy a buscar a mi grupo, que justo acaba de llegar a la puerta del albergue; ya ni me sorprende la casualidad, aquí todo va así. A Nick le cambia la cara al verme y se apodera de sus labios una sonrisa enorme que me contagia sin que me dé cuenta.

—Johanaah, ooh, ¿has venido en TAXI? ¡¿Tú en TAXI?! ¡Menuda *pilgrim*! ¡Señora, no le ponga el sello, que ha llegado en TAXI!

Michael grita fuerte cada vez que dice «taxi», y yo le doy un golpecito amistoso mientras la chica del albergue me estampa la credencial riendo.

—Yo necesito un masaje, porque no voy en TAXI y me duele mucho la espalda. ¿Perdona, señorita, sabe dónde pueden *massage* para mí?

Este chico es la hostia. Ahora quiere un masaje en pleno Camino. Se acerca una peregrina que tenemos detrás en la cola para hacer el *check-in* y me habla.

—Perdonad que os moleste, es que os estaba escuchando, soy masajista. Si quiere, luego le puedo dar un masaje a tu amigo.

¿Es broma? Se lo digo y nos quedamos todos boquiabiertos.

—¿Lo veis? Tú pide y el Camino provee.

Y el alemán lo encuentra tan normal. Además, se lo hará gratis, pero ¡¿esto qué es?! Hago de traductora entre Michael y la masajista. Quedan a las cinco en el jardín. Porque hay un jardín con otra piscina. Por algo ha escogido este albergue Michael. No sé si le gustan más las piscinas o la Coca-Cola.

Cuando salimos para ir a comer, me informan de que también viene una chica a la que han conocido esta mañana.

—Bueno, en realidad, yo la conocí el segundo día.

Miro a Nick cuando lo dice, pero justo llegamos y saluda a Martina, una chica italiana morena y bajita. Esto está plagado de italianos. Nos presentan.

—La famosa Johanna. ¿Cómo te encuentras? ¿Has venido en bus?

—¡En TAXI!

Michael sigue con la broma del taxi y yo me esfuerzo para que esa chica me caiga bien, aunque ya han pasado ciento ochenta segundos. Ella y Nick se sientan de lado y charlan, y yo noto que ella me mira de vez en cuando, y me siento incómoda. Por suerte tengo a Michael al lado, que lo hace todo más fácil. Les repito que no se pidan paella, que ese conglomerado amarillo no es una paella. Al terminar nos vamos para el albergue, pues a Michael le toca el masaje. La italiana viene con nosotros porque también se aloja allí, cómo no... Quedan en encontrarse en la piscina y yo, cuando subimos a la habitación, les digo que voy a tumbarme un rato. Pero cuando llevo media hora estoy de mal humor, así que bajo y me siento en un rincón del jardín. La piscina está llena de peregrinos de todo el mundo y pienso que sí, definitivamente, esto es un campamento para adultos, muy bien montado, eso sí, para que parezca que todo lo consigues tú solo libremente. Una mujer me saluda y tardo unos segundos en ubicarla, entonces sonrío ampliamente, porque es la misma que parecía muy sola y de muy mala hostia la noche que dormí con Kate en… ya ni me acuerdo de dónde era. Pero esta mujer tiene mejor cara y energía, y eso hace que me sienta feliz por ella. A lo mejor hoy soy yo la que tiene cara de perro. Nick está sentado con los pies en el agua charlando con Martina. Dentro del agua Kate habla con unos chicos a los que no he visto nunca, y Michael está tumbado en la toalla bajo un árbol mientras la amable desconocida le está dando un masaje. Qué envidia, se lo ve relajadísimo. Me alegro por él, además se ve un rollo guay entre ellos, lástima de la barrera idiomática.

Nick se levanta y veo como la italiana lo sigue con la mirada mientras acerca una silla hasta mí y se sienta a mi lado.

—Hola, tú.

—Hola.

—¿Sabes que a ti también te vi el segundo día? Salías de un albergue y me fijé en ti. De hecho, durante el día me iba girando por si venías detrás, pero no hubo suerte. Tenía que ser así, supongo.

Me sorprendo y de repente me doy cuenta de cuándo fue: en mi primera mañana. Al salir del albergue donde estuve sola, Nick fue el primer peregrino con el que me crucé, el chico de la gorra. Ese que yo también busqué un poco sin entender por qué no nos encontramos.

—¿En qué pensabas?

—¿Cuándo?

—Hace dos minutos, antes de que viniera hacia ti. Tu cara transmitía paz.

Miro hacia la piscina: los adultos relajándose y charlando tranquilos con personas que no conocían hasta hoy.

—En que somos muy poco importantes.

Me mira y sonríe, como avalando mis pensamientos.

—A veces me gusta imaginarme toda la historia de la Tierra en una línea de tiempo. Empezando por la gran explosión, los dinosaurios y nuestros antepasados cazando y recolectando. Me gusta pensar que ni siquiera disponemos de un puntito de espacio para nosotros. Pertenecemos a un momento histórico amplio en el que obviamente han pasado cosas, aunque supongo que se recordará más por los avances tecnológicos; a lo mejor solo habrá sitio para un pequeño dibujito de un iPhone, pero ¿nosotros, como individuos? No somos nada. Ni siquiera me parece que pertenezcamos a una generación de esas que marcan un cambio. Estamos como en un limbo, una transición entre otras generaciones. ¿Y sabes qué? Que no pasa nada. No pasa nada por ser solo uno más.

—Ahora voy a jugar a ser el abogado del diablo.

—Vale, me encanta.

—Estoy de acuerdo, pero, si nos acogiéramos a este principio, podríamos hacer lo que nos diera la gana sin responsabilidades, siguiendo el lema de «total...». Y tal vez no cambiaremos el mundo uno a uno, pero con el cambio de la consciencia colectiva sí se producen avances. No digo que a mejor. Pero sí estamos cambiando. Por norma general cada generación intenta modificar lo que no le gustó de la era de sus progenitores, ¿no?

—Supongo, hace poco vi un esquema que dividía las generaciones con estos nuevos conceptos que se han puesto de moda; generación silenciosa, *boomers*, X, Y, Z, pero lo que más me gustó es que me ayudó a entender la evolución de las últimas décadas porque marcaba el rasgo característico de cada una. Evidentemente generalizaba a tope, pero desde mi punto de vista resumía totalmente lo que dices de la influencia de los padres. Pasaba de la austeridad de los niños de la posguerra, que serían nuestros abuelos, a la ambición de nuestros padres, la obsesión por el éxito de la generación justo anterior a nosotros y nuestra frustración.

—Qué bien, somos la generación frustrada.

—Pero es que es cierto. Se nos enseñó a luchar por los sueños, que alcanzaríamos aquello por lo que lucháramos, pero todo ha cambiado muchísimo, incluso lo que queríamos. Estamos perdidos y la estabilidad ya no forma parte de muchas ecuaciones, tal vez ni siquiera tiene el mismo sentido que antes. Somos más libres, pero si no sabes qué hacer con la libertad es una putada. A ver, obviamente estoy hablando desde una perspectiva privilegiada y primermundista, que debo parecer imbécil...

—Bueno, por suerte solo te oigo yo, que ya sé que eres muy pero que muy imbécil. —Me saca la lengua divertido. Le ha tocado el sol, joder, qué guapo está—. Sigue.

Desvío la mirada hacia la piscina para volver a concentrarme en mi argumento.

—Nada, los que vienen detrás ya han crecido sin esa seguridad, en medio de crisis y otros tipos de familias, y su rasgo distintivo sería la irreverencia... ¿Sabes qué me dijo un día mi madre?

—¿Qué?

—Que ya estaba, que dejara de culpar a mis padres por

cómo era, que yo ya era una adulta que podía reconducir su vida y tomar sus propias decisiones. Eh, y no sabes cómo me ayudó aquello. A dejar de quejarme y a ponerme a hacer cosas. Vale, mis padres eran así o asá, y eso me afectó y tal, pero yo no era ellos, soy otra persona con todo el poder para cambiar lo que me dé la gana. Y sí que creo que esto es importante; por ejemplo, mi ex tenía muchas cosas de las que culpaba a su padre y, oye, le hervían por dentro y ese bullicio interior le afectaba en muchos aspectos.

Mierda. ¿Por qué coño le acabo de hablar de mi ex?

—¿Lo has superado?

Me he metido yo solita en este jardín. Ahora a apechugar.

—Pues me encantaría decirte que sí, que del todo, pero no lo sé. Creo que siempre habrá una parte de él dentro de mí, pero cada vez es más pequeña. Soy una nostálgica.

Sonrío para quitarle hierro al asunto. Nos quedamos unos segundos en silencio y me doy cuenta de algo. Y, aunque hay una parte de mí que se está dando de hostias por estar hablando de mi ex con Nick, la otra no puede cerrar el grifo.

—En realidad, para mí, ahora es un completo desconocido con una nueva vida y una nueva pareja que conoce a otra persona que yo ya no conozco. Es solo que añoro tener esa conexión tan bestia con alguien. Ese lugar seguro y nuestro. Es muy raro perder a alguien que te ha importado tanto y que sigue vivo... Aunque la verdad es que no le echo de menos.

—Me alegro.

—Gracias. Yo más.

Reímos.

—¿No has estado con nadie durante todo este tiempo?

—Bueno, nada serio, nada que implicara muchos sentimientos. Yo quería estar bien sola, pero de verdad, enfrentarme a lo más oscuro si hacía falta, pero sola... Sí, a veces soy un poco masoquista. Pero ¿me entiendes? —Nick asiente—. No quería usar a nadie de tirita, no es justo para nadie hacer eso... —Silencio—. Supongo que también me he protegido. Duele mucho cuando se te rompe el corazón. Muchísimo... Mucho. Supongo que es el dolor de un montón de cosas juntas. Pero estoy agradecida. En realidad, una ruptura te lleva a una vida nueva, pero no porque se abra una ventana, no, es que te lleva a otro planeta que ni siquiera hubieras conocido.

Tiene mi mano encima de la suya y la va acariciando. Qué vergüenza el tostón que le acabo de soltar. Yo no era de hablar tanto, en el Camino parece que tenga que soltar toda la verborrea que he guardado los últimos años, que era parca en palabras.

—Perdona, menudo rollo te he metido.

—Para nada. Me encanta saber de ti, *Little* Ju.

—Pues yo sé muy poco de ti.

Me mira.

—¿Qué quieres saber, Joana?

Dice mi nombre completo y se me eriza todo.

—Johannaaaaaah.

Michael acaba de romper con un martillo una esfera perfecta en la que solo estábamos nosotros. No era nada consciente de nuestro alrededor.

—Johannah, traduce.

Miro a Nick, resoplo y le veo serio, pero fuerza una sonrisa. Traduzco cuatro frases entre Michael y la masajista, pero quiero volver a mi rincón, a esos momentos mágicos donde creas un mundo paralelo. Michael es muy majo, pero parece absolutamente ajeno a nuestro pequeño planeta. Así que a la cuarta vez que me grita para que le diga cómo se dice «fontanería», Nick y yo dejamos de intentar conversar.

Por la noche cenamos todos en el albergue y sigo notando la mirada de la italiana; creo que es bastante obvio que le gusta Nick. Lo que no sé es si es recíproco. O si pasó algo. No me afecta. No me afecta. Luego nos vamos a la habitación y Kate intenta que Nick y yo durmamos juntos, porque es una habitación de cuatro donde las literas están enganchadas, pero se inicia una conversación rarísima que acaba con una repartición de camas absurda: Michael y yo abajo y Kate y Nick arriba. Kate se duerme antes de que nos hayamos puesto el pijama y Michael está tumbado mirando algo en su móvil, con los auriculares puestos. Nick deambula hasta que se tumba a mi lado. Michael se quita los cascos.

—Mirad: mejor película del mundo.

Sube el volumen y nos encontramos los tres mirando Pippi Långstrump en alemán. Todo muy normal. Al poco Michael empieza a roncar y yo le retiro el teléfono. Nick apoya la cabeza en mi hombro y presiona contra él. Le huelo el pelo. Entonces se pone de pie rápido dejándome un poco confusa y, antes de subir a su litera, se agacha.

—Me ha gustado mucho nuestra conversación en la piscina. Hay pocas personas con las que pueda hablar así. Me gusta mucho haberte conocido.

Sonrío y me duermo con la sonrisa puesta. Por la mañana suena una alarma en la habitación contigua y oigo una cremallera en la nuestra. Nick baja y se acurruca a mi lado. No dormimos ni estamos del todo despiertos. Pero me encanta este lugar intermedio. Con él, y con nuestras caricias. Aunque pueda ver un cartel de neones fluorescentes avisando de peligro inminente delante de mis narices. Cuando suena nuestra alarma se va al baño mientras los otros empiezan a desperezarse. Michael busca su móvil y se lo paso.

—Oh, gracias. Johannah, eres la mejor y más fuerte *pilgrim*.

Así, por la cara, Michael te regala piropos.

Andamos los cuatro juntos, con el ritmo fusionado. Entonces nos alcanza el hombre con el que compartimos el taxi y le pido por favor si puede hacernos una foto, y obligo a mis amigos a ponerse como los Beatles atravesando el Camino —he dado muy por el saco con esta idea de foto, así que se colocan sin rechistar para que me calle de una vez—. Después el señor nos dice que sigamos andando y nos toma unas fotos preciosas, caminando y riendo de espaldas. Le doy las gracias de todo corazón. Sé que estas fotos me ayudarán a recordar lo que esto significó y tal vez, espero, poder regresar un poco a esta sensación. De libertad, de fortaleza, de no expectativas, de presente.

Después empezamos a bajar por un sendero tan amarillo que parece pintado y, mientras ellos bajan saltando y corriendo, porque es más fácil hacer eso que frenar, les grabo un vídeo.

Pasamos otra piedra de las que señalan la dirección del

Camino, con la concha y la flecha enfrente, y en el lateral, en rotulador y letras mayúsculas, alguien ha escrito en catalán per la poca estona que estem aquí, almenys fem el que ens agrada. Sonrío, le hago una foto a la frase y se la traduzco a ellos, que están intentando descifrarla sin éxito. ¿*Estona* es «piedra»? ¿*Estem* es «amor»? ¿*Almenys* es «almendras»?

—«Para el poco rato que estamos aquí, al menos hagamos lo que nos gusta».

—*Oh, yeah. Beach, sun, watermelon.*

Michael continúa avanzando con Kate, y Nick y yo nos miramos, todavía parados ante la piedra. Alza las cejas y asiente. Creo que está pensando en nuestra conversación de ayer en la piscina. Me encanta la conexión que se crea con unas pocas personas, con las que te entiendes sin decir nada. Sonrío y seguimos nuestro camino. Haciendo lo que nos gusta durante este poco rato que estamos aquí.

En un momento dado nos separamos, Michael va por delante y Kate espera a los coreanos del día del caballo. Nick y yo decidimos seguir más allá de donde pretendíamos llegar, porque un peregrino nos ha recomendado un albergue en Atapuerca. Ni se me pasa por la cabeza que este vaya a ser el último día en que estaremos los cuatro juntos. De vez en cuando, Nick me hace dar la vuelta y mirar el camino que ya hemos andado, cómo se modifica la perspectiva, igual que cuando vas en tren, de cara o de espaldas, todo cambia aunque sea lo mismo.

Atapuerca es un pueblo diminuto y el albergue es como una casa de cuento escondida; las paredes parecen torcidas y el techo cae en diagonal hasta el suelo. El hospitalero es un personaje igual de pintoresco: entra y sale como cinco veces de algo que parece una oscura despensa —donde debe de tener a unos niños enjaulados, como mínimo—, luego nos enseña la habitación, con doce camas con una cortinita cada una. Descansamos un poco —ergo, nos duchamos, lavamos la ropa y nos curamos las ampollas— y Michael nos manda un mensaje informándonos de que también está en el pueblo, aunque en otro alojamiento, así que quedamos para cenar. Vamos a buscarlo y resulta que el tío se ha cogido un bungalow enorme en un camping para él solo.

—Ah, ya veo, entre taxis y suites... Ahora entiendo lo rápido que vas. Michael es multimillonario y cuando de repente desaparece es porque su chófer lo pasa a buscar y lo lleva adonde quiere.

—Sí, en helicóptero.

Bromeamos y por una vez no soy la comidilla. En el Camino todos somos peregrinos, no existen distinciones, ni de religión, ni de clase social ni de nada. Así que no tengo ni idea de si alguno de mis amigos tiene mucho dinero o muy poco. Yo creo que estamos todos en esa media confortable, sin más. Bueno, probablemente yo sea la más pobre, más que nada por sus países de origen.

Michael rebusca en su mochila y nos regala a los dos un tarjetero como el suyo, reciclado de un brik de zumo y cosido por él mismo. Este chico es una caja de sorpresas, y su mochila, el bolso de Mary Poppins. El mío tiene unos monstruos naranjas y letras en alemán, debe de ser de un zumo para niños. Los dos cambiamos nuestras tarjetas al instante a nuestro nuevo monedero. Aunque hay que estrujarlas, pues caben justas; tendrá que seguir trabajando en el tamaño y separar un poco las costuras. Michael es el tipo de persona que parece que da más que recibe. Es expansivo y bromista, pero a la vez muy reservado con su vida privada; de hecho, cuando se separa un rato del grupo, parece que sea porque se ha quedado sin energía para hacernos reír. Me encantaría que entendiera que no hace falta que esté de buen rollo todo el rato. Tal vez ni siquiera sabe relacionarse de otra forma. Esto nos pasa a muchas personas, aunque con diferentes rasgos: la bromista, la mami, la que siempre lleva la iniciativa, la que cuando no le duele esto le duele lo otro, la que cuida, la que necesita ser el centro de atención, la que hace voces infantiles, la que nunca falla... Hay mil patrones a los que nos agarramos, porque relacionarse con los demás no es fácil y así tenemos una muleta donde apoyarnos, pero salir de esos roles y permitirte ser tu mezcla explosiva, que a la vez se relaciona con otros cócteles molotov, parece un aprendizaje difícil pero bastante útil.

Hoy vamos a un restaurante de los de mantel. Tiene una pinta espectacular y encima estamos solos; será porque vamos al minuto de abrir y aquí, en España —tengo que ir recordándome dónde estoy—, se cena más tarde. Pedimos unos platos que nos saben a gloria después de tantos días de tortilla de patatas, pollo con patatas y patatas con cualquier cosa. Comemos una ensalada de quinoa con mango y no sé cuántas cosas más, un magret, un pescado en salsa y, de postre, yo una piña laminada con lima rallada, espectacular, y ellos, pasteles. Y una Coca-Cola y dos Aquarius para Michael, porque le he dado la chapa, aunque lo único que he conseguido es que cambiara de refresco. Vino para Nick, que se ha bebido casi toda la botella. Agua para mí. Estamos exultantes. Nos despedimos y Michael nos dice que mañana se levantará a las cuatro porque pretende llegar más lejos. Bromeamos con su chófer secreto. Nosotros hoy hemos caminado treinta y dos kilómetros, y yo tenía la idea de parar en Burgos mañana.

—Bueno, *rock star*, me despido por si no te veo antes de que te marches.

—Claro que lo verás, ¿no?

Los miro mientras se abrazan.

—A ti sí que te veré, Joahanah, porque eres la mejor *pilgrim* y vas a llegar a Santiago. «*Give me hopeeee, Johanah...*».

Me río, pero lo abrazo igual, por si acaso, aunque cada vez me gusta más la idea de llegar a Santiago.

Llegamos a la habitación y la mayoría de las cortinas ya están echadas. Voy a cepillarme los dientes y a cambiarme. Sin querer, hago cuentas; me deben de quedar pocos días de regla, y él se va en seis días. Seis. Pienso que son muy pocos, pero a la vez aquí cada día es un pequeño universo, en realidad no hace ni seis días que conozco a Nick. Me queda más de la mitad. Claro que sí, siempre positiva. Cuando voy hacia mi cama me encuentro al rey de Roma dentro.

—Míralo él.

Pone cara de niño bueno y me tumbo. Hablamos entre susurros de todo y de nada, entre caricias y saco de dormir, separados del resto del mundo por una cortina. Con él es fácil. En cierto momento nos quedamos dormidos.

Me levanto con una calentura de campeonato con este chico al lado. Abre los ojos y nos miramos unos segundos antes de que sus manos empiecen a acariciarme el costado, con más fuerza de lo habitual. Le aprieto el brazo. Me encanta su brazo, lo tiene fuerte, aunque sin ser de esos de gimnasio. Resopla y se tumba boca arriba alejándose de mí, pero yo no tengo tanto control en ese momento y mi mano se dirige a su barriga, y de ahí a la tira del...

—¿Dónde están tus pantalones?

—Bueno, digamos que ayer tenía calor y me apretaban un poco.

—No, no, no. Esto no se hace.

—Joana...

—¿Qué?

Me mira con una intensidad que casi me rueda la cabeza.

—Me voy a la ducha, ¿vale?

Y mientras se incorpora y me pasa por encima le suelto enfurruñada:

—Eres tú el que se mete en mi cama, que conste.

—Lo sé.

Y se va. Y yo me muero de rabia, de impotencia, de calentón. Me cambio de ropa y estoy acabando la mochila —cada día tardo un pelín menos, creo— cuando aparece él, limpio y fresco, sin camiseta, con los tatuajes del brazo al aire. Ahora soy yo la que resopla. Va a ser un día muuuy largo.

Y lo es. El trayecto al menos es largo y pesado, casi todo el rato al lado de la carretera hasta que empezamos a entrar en Burgos y cambiamos la carretera por un río. Digo que entramos en la ciudad, pero lo que en coche serían unos minutos pueden llegar a ser horas andando, así que bordeamos el río hasta que paramos en una especie de playita aislada con juncos. Nos quitamos los zapatos y yo me adentro hasta casi las rodillas. Cuando salgo y me siento, Nick me coge los pies y los masajea.

—Ay, están sucios y sudados.

—Me da igual. ¿Cómo puedes tener los pies tan finos y bonitos en pleno Camino?

Me río y encojo los hombros. Me resigue la tobillera con los dedos.

—¿Y esto?

—Siempre llevo una. Cada verano, no sé por qué ni cuándo empecé. Como la gente que siempre lleva pendientes.

—¿No llevas nunca pendientes ni joyas?

—No mucho.

—Las catalanas sois así, muy guerreras, ¿no?

Me río.

—¿Qué quieres decir con «guerreras»? Y no generalices.

—Bueno, así, chicas fuertes, libres, sin maquillaje ni tonterías. Un poco hippies, rebeldes.

—Madre mía, cuántos clichés. Pues no lo había pensado nunca. Pero es verdad que aquí ves ciertas similitudes entre la gente de cada lugar.

—¿Y qué piensas de los ingleses?

—Bueno, para empezar, eres el único inglés que he conocido en el Camino y, además, dices que medio vives en Estados Unidos, por lo tanto, no debes de ser el ejemplo de un té con patas.

Se ríe. Me levanto y le ofrezco las manos para ayudarle, y cuando se levanta me atrae hacia él y empieza a cantar mientras empezamos un baile torpe y descalzos. Pero él sabe llevar y pronto me relajo y dejo de pensar en estupideces, que soy catalana, hostia, sin tonterías. Que un chico que sabe cantar te cante a la oreja... es demasiado.

—Nick...
—¿Qué?
—Nada.
—No, no, ¿qué?
—Nada, nada.
—Pfff, no hagas esto.
—Perdón.

Me toca la barbilla y deshacemos el abrazo. Pero todo se enrarece un poco y, justo después de llegar al albergue, cuando salimos para ver la catedral, me suelta que cree que mañana va a caminar por su cuenta. Y a mí se me cae el mundo encima. Aunque me lo dice dulce y bien, me encierro en mí misma como un castillo medieval protegiéndose de la peste, la tuberculosis y todos los enemigos posibles. Le digo que me voy a dar una vuelta, pero me sigue por la calle y siento que parecemos ridículos. Déjame un rato. Joana, espera. Nick, de verdad, me voy un rato. Y entonces nos topamos de cara con Kate, que va con una chica riendo, y la situación no puede ser más rara. Nos presenta con torpeza, como si fuéramos unas amigas que se han enfadado o algo así; no lo sé, estoy bloqueada y me cuesta respirar, así que, cuando se despiden, aprovecho que Nick gira la cabeza para ver la catedral y me alejo casi corriendo. Corro mirando para atrás y me acuerdo de que Nick se ha dejado el móvil cargando en el albergue. Flipará. Es para flipar que me haya ido corriendo y le haya dejado ahí.

Estoy nerviosa, deambulo rápido y sin rumbo y un coche casi me atropella, así que me siento en un banco y decido vomitar todo lo que me pasa por dentro en las notas del móvil, porque no llevo la libreta encima. Al escribirlo me doy cuenta de que posiblemente lo que me ocurre es que llevo mal sentir que la gente está mejor sin mí. Que tienen elección y escogen estar sin mí. Como mi ex. *Touchée*. A menudo yo también escogería estar «sinmigo». Entiendo perfectamente que Nick necesite andar a solas, le quedan pocos días y no nos hemos desenganchado. Igual que Michael, que necesita sus momentos, y Kate y todos; cada uno está haciendo su Camino, y yo también el mío, y lo sé, de verdad que lo sé, pero... ¿por qué siento que me abandonan? Mis inseguridades regresan como un virus fuerte. Una hostia de realidad me ha traído los problemas que siempre van conmigo; parecía que aquí no estaban, pero siempre vienen, porque todo el mundo carga con sus pequeñas piedras, y las llevamos con nosotros, tal vez de eso se compone nuestra sombra. Sé lo bien que van estos momentos solo, pero es que yo vengo de tantísima soledad que aquello que pensaba que necesitaba no es lo que me está haciendo bien. A lo mejor ahogo a la gente. Parece que huyan de mí. Es doloroso sentir que la gente huye de ti. ¿Cómo me he vuelto a enganchar a estas personas sin darme cuenta? Pensaba que lo estaba haciendo mejor, que no dependía de nadie, y no es así, pero... Pero. Desapego, necesito aprender de eso, que me sigan importando las personas, pero no las sienta mías. O, mejor dicho, que no me sienta suya. Porque a los demás nunca los podrás controlar ni acabar de entender del todo porque hacen lo que hacen en cada momento.

No sé cuántas horas llevo en este banco, pero me entra un mensaje y me doy cuenta de que estoy helada. Es Nick.

Cenamos juntos? ☺

Vale, he visto una pizzería sin gluten, llevo dos pizzas?

Perfect, una cerveza es demasiado pedir?

;)

La pizzería está medio cerrada por un evento privado, pero cuando me ven fuera estudiando la carta, sale una chica con camisa de cuadros y sombrero, y me dice que si es para llevar puedo pasar. Pido dos pizzas mientras miro a un grupo de cuarentones vestidos de vaqueros y bailando *country* pasárselo realmente bien. Hace mucho que no bailo, que no voy de fiesta, años, entre covids y rupturas. Vuelvo al albergue y entro en el comedor. Nick está sentado con las piernas cruzadas, tecleando en el móvil. Alza la mirada y deja el teléfono al lado. Hago una mueca avergonzada, pero él no hace referencia alguna a lo ocurrido.

Buscamos cubiertos por la cocina, pero no hay nada, así que acabamos cortando las pizzas con unas tijeritas de las uñas. Al lado hay un chico y una chica holandeses muy jóvenes. Les ofrecemos pizza y nos cuentan que son hermanos y que están escribiendo un diario a medias, cada día uno, máximo una página, aunque ella se queja de que la letra de su hermano es minúscula, por lo que escribe mucho más. Hay gente a la que no conoces, pero piensas que si en el mundo hubiera más personas como ellos, todo iría mejor. Y eso es lo que me pasa con estos hermanos. También pienso que sus padres deben de estar orgullosísimos de ver esta relación entre sus hijos, pero por dentro me veo demasiado como una tía octogenaria al pensar esto. Cuando se despiden nos quedamos a solas Nick y yo, nos miramos y se apagan las luces. Subimos las escaleras y no sé muy bien si le quiero preguntar algo o qué quiero saber.

Llegamos a la segunda planta y sonrío porque no recordaba dónde dormíamos. Es el albergue municipal, con centenares de camas por piso, y, no sé por qué, el hospitalero nos ha dado una litera que está en la misma habitación gigante que todos, pero apartada por una pared, aunque sin puertas. Después hemos visto que era el cuarto de lavar la ropa: nos han puesto a dormir en la antigua lavandería. Pero da igual, porque estamos solos, bueno, medio solos, sin puertas, pero con más intimidad. Aunque justo hoy no creo que la necesitemos mucho, después del *show* que he montado y de que él quiera irse por su cuenta.

—Si te apetece, mañana me gustaría andar contigo.

—No, Nick, no quiero que...

—No lo hago por ti. Vine al Camino con la idea de andar solo y pensar en ciertas cosas, pero... te encontré y no quiero priorizar unas ideas previas a la realidad. Y la realidad es que estoy disfrutando mucho contigo.

—Y yo, pero no quiero privarte de lo que te apetece.

—Me apeteces tú.

Y sería un momento perfecto para un beso, pero resulta que estoy llorando sin querer. Nick me seca las lágrimas con los dedos.

—No llores, por favor. No quiero hacerte daño, Joana.

Cojo aire y fuerzas.

—Vale, ¿puedo ser sincera contigo?

—Ay...

Le miro interrogativa y segura, he tomado una decisión y, cuando me da la vena, voy con todo al rojo.

—Sí, sí, claro, dime.

—Vale, a ver. Dejando de lado el drama que me ha dado esta tarde y que es por algo mío que tengo que trabajar y bla bla bla, sí que hace días que tengo la sensación de que me buscas —intenta hablar, pero no le dejo; ya he dicho que cuando me da, me da—, y quiero aclarar este punto porque a mí no tener las cosas claras me incomoda. Y prefiero saber si estás andando conmigo porque quieres sexo, que me parece fenomenal, ¿eh?, pero si es por eso por lo que te quieres ir, porque..., bueno, porque has visto que con esta catalana no... pues prefiero saberlo. Y no es que no quiera nada contigo, pero no me gusta sentir la presión y...

Lo miro y veo que está escuchándome y a la vez aguantándose la risa.

—Puedes reírte, no me cabrearé.

—¿Ni te irás corriendo?

Le miro con cara de asesina, y él ríe un poco y se serena.

—A ver, *Little* Ju... Primero de todo, gracias por compartir lo que sientes, de verdad, porque es difícil adivinar lo que sienten los otros y lo agradezco. Segundo, evidentemente me encantaría acostarme contigo, no lo voy a negar, y que lo pienso... con frecuencia... también es verdad. —Hago una mueca que no sé cómo clasificar—. Pero no ando a tu lado porque quiera irme a la cama contigo. Me encanta quien eres, y el sexo, aunque me encantaría disfrutarlo juntos, no encabeza la lista de prioridades; podemos tener la relación que tú quieras. De verdad, amigos, pues amigos, me parece genial y...

Lo miro y entonces soy yo quien busca sus labios. Y los encuentro. Y de repente las ansias se apoderan de nuestros cuerpos, que se besan con fervor mientras las manos exploran rincones del cuerpo prohibidos hasta ahora. Cuando nos dejamos caer en la cama de abajo y chirría por todos los muelles, nos reímos y nos volvemos a levantar. Me quita la camiseta por la cabeza sin dejar de besarme y yo hago lo mismo con él. Me sienta en la pila de lavar la ropa, pero no es muy cómoda, porque se me cae el culo dentro, así que entre risas me acerca a la pared. Oímos un «shht» y paramos un segundo o dos, no más. En algún momento me tumba con cuidado en la cama y baja la mano hacia mis bragas. Me estremezco y le empiezo a bajar el pantalón. Meto la mano en su calzoncillo y le agarro, joder. Pone la cabeza contra el cojín para no hacer ruido. Y me encanta que sienta placer, y me encanta el que estoy sintiendo yo. Y nos miramos y seguimos, y acabamos así. Después voy al baño y, al volver, le encuentro medio dormido. Me abre el brazo y me acurruco dentro. Me besa en la sien y nos quedamos dormidos.

Me despierto y voy corriendo al baño: me estaba meando. Aprovecho para enjuagarme la boca, por si acaso. Cuando vuelvo le encuentro aún dormido, con la boca medio abierta, y le miro. Le miro sin la prohibición que me había impuesto. «No quiero hacerte daño, Joana». No sé cómo interpretar sus palabras, pero supongo que con todo lo que le he contado de mi ex y viendo mi ataque de ayer, no quiere que esto signifique mucho. O nada. Y yo tampoco. Solo me apetece vivir el momento y permitírmelo. Se va en cuatro días. Tampoco puede ser tan catastrófico, ¿no?

Dicen que hoy empezamos la meseta. Yo pensaba que ya llevábamos días en ella, estoy hecha toda una experta en mi país. Los primeros días fueron de bosques y ríos, luego mezcla entre ciudad, rural y campos, y se ve que ahora tenemos amarillo para rato. Por suerte, el calor ha bajado un pelín, ya no rozamos los cuarenta y dos grados.

Cuando hablo con Nick, a veces me pierdo el paisaje y las horas. He visto un cervatillo y me he puesto tan contenta que iba dando saltitos yo también. Nick ha tomado una foto para su hermana..., del animal, no de mí. Es de las primeras fotos que hace, aunque yo he llenado el grupo con las mías. Dice que no necesito capturar las cosas para que sean reales y yo le he contestado que soy feliz con el acto de tomar fotos, y con este argumento le he hecho callar. Un minipunto para Joana. En una pausa, mientras yo estiro un poco los músculos de las piernas, le veo ofuscado con el móvil.

—¿Todo bien?

—Sí… Estoy calculando la ruta porque no voy a llegar a León.

Hago una mueca, me siento culpable, de ir él solo habría hecho muchos más kilómetros al día. Cuando voy a hablar, me corta, con su telepatía habitual.

—No voy a seguir sin ti, al menos hoy no, solo estoy mirando un poco lo que haré.

Asiento como una buena niña. Pero mi lengua no es muy obediente.

—No quiero frenarte…

—Sht.

Y se acerca y me calla con un beso. Luego me muerde el cuello.

—¡Au!

—Te lo has ganado.

Y volvemos a ponernos en marcha. Jugamos a bautizar nubes: la zampadinosaurios, el huevo frito medio enganchado en la sartén, la escoba que barre un tiburón. Cuando llegamos al pueblo en el que pensábamos pasar la noche paramos a comer y decidimos continuar hasta el siguiente, a casi once kilómetros. En la guía se anuncia un albergue a medio camino, así que, si no aguantamos, pararemos ahí. Lo que no sabíamos es que en este tramo de trayecto no habría nada, absolutamente nada más que paja, campos de girasoles y camino. Ni una fuente ni un árbol. Y entonces, cuando llevamos unos seis kilómetros, vemos en medio de la llanura dorada un pequeñísimo refugio rojo, con una cúpula rematada por una bandera. La indicación es la del albergue que tenía que estar a medio camino, pero eso es mucho más encantador de lo que cabría esperar. Nos miramos y cogemos el desvío hacia la casita.

Cuando llegamos, vemos a cuatro peregrinos en el exterior: un italiano con pinta de pirata que ya llevamos viendo días con otra chica catalana, él está raspando su palo y ella parece que dibuja. Los otros dos, a lo lejos, parecen más jóvenes y están tendiendo la ropa. Saludamos y sale una mujer que debe de rondar la cincuentena.

—Ay, mamita, no me digan que son dos.
—Sí...
—Mira que justo nos quedan las dos últimas camas...
—Pues qué suerte.
—Tenía que ser, pues.

Qué suerte todo el rato, en serio, tengo la sensación de estar en *El show de Truman* y que nos vayan trazando el Camino a medida. Nos quitamos los zapatos y los dejamos junto a mi palo, recostado en la puerta.

Su marido, un hombre de mirada afable y tranquila, nos pone el sello y nos cobra.

—Cenamos todos aquí —dice señalando una mesa redonda bajo la cúpula—, a las siete y media: arroz con verduras y pollo con patatas. Después, nosotros nos vamos y ya por la mañana el último cierra con llave y la deja en la maceta. ¿Va bien?
—Va perfecto.
—¿Catalana?
—Sí, qué oído. Él es inglés.
—*Pero hablou un pocou de spañol.*
—Bien, bien. Os muestro las camas. Lástima, había una doble en la habitación de arriba, pero justo se la han quedado.

Me ruborizo un poco. ¿Por qué todo el mundo da por sentado que estamos juntos? Un inglés y una catalana, dos peregrinos en el Camino, como si no fuera lo más normal del mundo; aquí constantemente vas con otros. Además, no estamos juntos, solo nos hemos conocido y caminamos solos a veces y a menudo con otra gente y… ¿A quién coño le estoy dando explicaciones?

El hombre nos acompaña a la habitación de ocho y dejamos las cosas en la litera libre, saludamos a una chica muy joven que está tumbada en la cama y, antes de salir, el hombre añade:

—Hay una pequeña piscina natural con agua de manantial; está helada, aviso. Podéis lavar la ropa en el lateral, hay piedras.

Salimos fuera y me siento en un banquito; delante, Nick estira la espalda con los brazos para arriba. Se le levanta la camiseta y me regala un trozo de espalda morena.

—Es precioso.
—Es perfecto.

Helada es poco, soy incapaz de meterme en el agua más allá de la cadera. Y luego voy a pegarme una ducha bien caliente, pero rápida, que me han dicho que no hay mucha agua y tiene que durar para todos. Nick dice que él se quiere bañar por la mañana, antes de andar, y dejo de insistir en que aún estará más fría. Si le hace ilusión, a mí nadie me va a obligar. Creo que es el día en que veo a Nick más relajado, parece feliz. Antes de que se ponga el sol, me propone ir a la colina para disfrutar de las vistas. Cogemos las dos toallas y el jersey, y subimos. Vamos con chanclas, lo que no es muy inteligente, pero en nada estamos arriba, y nos sentamos mientras el cielo prueba todas las tonalidades de naranja y rojo, como un pintor que no se decide con el Pantone cálido. Es espectacular, uno de esos instantes que guardarías en una cajita. Las nubes nos regalan nuevas formas: la rana suicida, la bomba atómica fallida, el dónut florido. Nuestros pies reposan entre briznas de paja. No puedo evitar tomar una foto de nuestras piernas con la explosión de colores de fondo. Nick me acaricia la mano.

—A veces pienso en dejarlo todo y vivir en un lugar así.

—Ya… yo también, pero creo que a los cuatro días, dos meses o un año estaría cansada. Si vas muy estresado, disfrutas mucho de una desconexión así, pero cuando es tu día a día a lo mejor te aburres; como con todo, supongo. A menudo creemos necesitar lo que no tenemos. No lo sé, a veces ni yo entiendo lo que digo.

—Los que llevan el albergue parecen felices.

—Sí…

Se queda mirando al infinito y casi puedo ver cómo los pensamientos le centrifugan en la cabeza.

—¿En qué piensas?

Inspira profundo.

—En muchas cosas.

Se da la vuelta y me mira, y pagaría para poder entenderlas todas, esas cosas que le dan vueltas. Me acaricia la espalda antes de levantarse y lo recibo como un previo a la despedida. Tenemos tres días para irnos despidiendo.

—¿Te da pereza volver al mundo real?

Se gira mientras bajamos la colina y me mira.

—Esto también es el mundo real, Joana.

—Bueno, ya…

Pienso en lo que era para mí el mundo real y tengo miedo. Mucho miedo de volver y ser la misma que era. Esa oscuridad, ese tirar cada día a la papelera del tiempo, esa desilusión por todo, ese dolor que te atraviesa. Pero no me siento la misma. Solo que no sé cuánto durará el efecto.

—Eres una persona preciosa. Me siento muy afortunado de haberte conocido.

Y yo trago saliva porque no me lo esperaba y porque no

me siento para nada una persona preciosa porque no me lo han dicho demasiado o porque tal vez me hago la sorda cuando me dicen cosas bonitas. Sobre todo he sido yo la que me lo he dicho poco.

—Gracias. Yo también estoy muy contenta de haberte conocido, Nick. Se te ve feliz.

Asiente con una mirada entre triste y serena. No sé casi nada de su mundo real. Tal vez en él no tenemos nada que ver y nunca nos hubiéramos hecho amigos. Quién sabe. Por suerte, como dice él, este también es real y aquí sí nos entendemos.

Llegamos al albergue, que huele de maravilla, y nos sentamos a cenar con todos. Somos doce personas muy distintas aisladas en una casa en medio de la nada, sin cobertura. Si hubiera un psicópata sería una peli de terror, pero realmente no siento miedo. Me siento viva.

La cena se alarga y las botellas de vino se van vaciando. Cuando el matrimonio de hospitaleros se ha ido, salimos fuera y es negra noche. Al cielo le ha brotado un sarpullido de estrellas. Es espectacular. Nos quedamos en el porche. Nick, que va contentillo, habla con el italiano, que le está contando su dura infancia en Nápoles, una historia vital espeluznante nivel *Oliver Twist*, pero dice que nada ha sido tan duro como el Camino. No lo entiendo, no entiendo que alguien pueda encontrar esto más duro que la vida real. Es un regalo. Me siento una privilegiada por poder vivirlo; a mí el día a día se me hace muchísimo más arduo, aun siendo una absoluta privilegiada. Nada que ver.

Me levanto mientras charlan y me alejo de la casa. Mi rato tranquilo. Miro hacia atrás, a la casa, con un punto de luz que debe de ser el porche, y vuelvo la mirada de nuevo al paisaje. Cuesta distinguir dónde acaba el cielo y empieza la tierra. Parece que las estrellas toquen el suelo. Qué hermoso es todo lo que no hemos creado los humanos, lo que ya estaba aquí. La naturaleza te hace sentir una simplicidad feliz. Cómo nos hemos liado la mayor parte de la especie humana en crear vidas que giran alrededor de lo suplementario. Como si nos hubieran girado ciento ochenta grados la escala de prioridades y la hubiéramos aceptado del revés. Y nos hemos perdido en ella. Hemos olvidado y vivimos en una rueda de hámster, que da vueltas porque la hacemos rodar, pero ya ni siquiera sabemos por qué la hacemos rodar.

Cuando vuelvo encuentro menos personas en el porche: está en silencio. Nick está escribiendo en su libreta, no le quiero molestar. Entro en la habitación porque estoy helada. La chica joven que estaba en la cama cuando hemos llegado sigue casi en la misma postura, pero está hablando con el italiano y la otra catalana sobre política internacional. No me puede apetecer menos la conversación; además, soy muy ignorante en ese ámbito —en casi todos, la verdad—, pero ella parece muy motivada. Es de Hungría y dice que está cansada de ver a gente en su país que cree que no tiene más alternativas en la vida porque desconoce las opciones. Que los gobiernos nos mueven como títeres manipulando la información a través de los medios y que lo que llega a cada país es según los intereses de cada uno. Que hay que leer periódicos internacionales para saber lo que está pasando. Yo pienso que, aunque los leas, también estarán manipulados y ya no sabrás qué creer, si es que existe una verdad. ¿Cómo se pueden comprobar todas las verdades? No se puede. Tampoco creo en la verdad, porque parece cambiar constantemente. No lo digo, porque soy consciente de lo simplista de mi argumento y de lo que me gusta dudar de todo y jugar al abogado del diablo, pero ahora estoy cansada y demasiado relajada para ponerme en ese rol. Además, admiro a las personas como ella, que quieren cambiar las cosas y toman las riendas, que se documentan, se interesan y actúan. Esta energía luchadora. Yo lo he intentado varias veces; «lee el periódico cada día», me decía mi madre, pero es que cuando algo realmente no me interesa, lo olvido al cabo de nada —por mucho que me intente convencer de que me interesa o debería hacerlo—. Al final dejé de esforzarme. Me interesan los sentimientos, las relaciones, el funcionamiento de las mentes; entender por qué las personas actúan como lo hacen. La creatividad, el amor, el dolor. Supongo que por esto estudié Psicología. Nick entra y me saca de mis pensamientos al sentarse a mi lado.

—¿Qué piensas tú, Nick, que has viajado por medio mundo?

La pregunta de la húngara me sorprende. Siempre que me voy un rato, siento como si me hubiera perdido información de Nick que yo, que ando cada día con él, no tengo. Él me mira de una forma extraña, a veces necesitaría un descodificador.

—Uf, llevo demasiado vino encima para esta conversación.

Y poco a poco la discusión se diluye entre cremalleras y ronquidos.

Oigo una alarma, pero no es la mía, así que ni abro los ojos. Cuando es mi turno me levanto. Nick no está en su cama y, mientras me visto, entra él con el pelo mojado y envuelto solamente en una toalla, radiante.

—¿Sí o no?

—Claro.

Se acerca y me abraza, está helado y tengo que esforzarme para no gritar, ya que la húngara aún duerme. Me vuelve a morder el cuello mientras noto una gota de agua que me baja por la espalda. Me pongo de cara hacia él y le acaricio entre el ombligo y la toalla, atada muy baja en la cintura. Se muerde el labio y entonces me voy al baño. Pa mala, yo. Cuando vuelvo ya está vestido —oooh—. Me ayuda a prepararme la mochila porque dice que soy un desastre. Creo que tiene razón, porque todos los peregrinos tienen la mochila bajo la cama bien puesta y yo tengo ropa colgada de la escalera de la litera, el neceser tirado en la cama y la toalla secándose encima de la mochila.

Empezamos a andar bajo las estrellas, sin linterna ni luces.

—No te olvides de mirar atrás.

Es algo que me ha ido repitiendo a lo largo de los días y, al girarnos, esta vez una estrella fugaz cruza lenta todo el cielo, como si quisiera desafiar el apellido de «fugaz». Me pongo tan contenta como con el cervatillo. Estas pequeñas cosas me dan un chute de energía cósmico.

—Esto también ha sido bastante mágico, ¿eh?

—Lo sé.

Llevamos unas horas caminando cuando me doy cuenta de que ¡me he olvidado el palo! Y lo visualizo ahí, en la entrada, donde dejamos los zapatos ayer. Nick me ve tan afectada que me pregunta si quiero volver, pero no estoy tan loca. Además, parece una lección. Tengo que aprender a dejar ir, a soltar. Desapego. De personas y cosas. Pues toma dos tazas. Pero me da mucha pena. Cuando pasas tantos días con poquísimas cosas, además de darte cuenta de lo poco que necesitas, se les coge cariño. Y mi palo… ha sido un gran apoyo. RIP, palo. Espero que le sirva a alguien que lo necesite. Es agradable pensar que pasará de mano en mano y tal vez, algún día, llegue a Santiago.

A media mañana seguimos atravesando campos de girasoles. Encontramos uno en el que alguien ha dibujado una carita sacando las pipas en el lugar de los ojos, la nariz y la boca. Le hago una foto, aunque no tengo claro que me guste que le hayan hecho esto. En un momento dado, Nick me llama y se saca un girasol pequeñín de detrás de la espalda, me lo entrega con ilusión, pero yo me cargo el momento porque le echo una bronca descomunal por haber arrancado la flor. «Asesinado la flor», le digo —a veces puedo ser muy dramática—. Me lo cuelga en la mochila, aunque yo no estoy muy convencida de pasear el crimen como bandera. Pobre Nick, se ha quedado con una cara... Pero es que a veces alucino.

—Quiero una guitarra.

Río por su salida. Estábamos andando tan tranquilos, después de la debacle girasolil.

—Ah, pues nada, ahora te la saco del bolsillo mágico. Como Doraemon.

—¿Quién?

—No... ¿no sabes quién es Doraemon?

—Creo que no.

Y aquí entramos en una acalorada conversación —canciones incluidas— sobre los dibujos animados que veíamos de pequeños en cada país. Que conste que cuando le enseño un dibujo del gato cósmico sí que lo reconoce, pero dice que en esa época su hermana le hacía ver *Sailor Moon*. Y de ahí saltamos a los yoyós, los tazos y en los gogos nos encallamos porque no sé cómo explicarle en inglés lo que son. Acabamos sucumbiendo a esta era que por suerte o desgracia es la nuestra y le muestro una foto en el móvil cuando llegamos a una pequeña ermita abierta en medio del campo.

—*Coffee?*

Nos descolgamos las mochilas y el voluntario nos ofrece entrar para refrescarnos y tomar algo. Y cuando nos sentamos a una gran mesa que ocupa casi toda la habitación, en la cara de mi compañero se dibuja una sonrisa enorme y perversa. Sigo la dirección de su mirada y... no me lo puedo creer. Una guitarra. ¿Qué cojones hace una guitarra colgada en una especie de convento perdido donde Cristo perdió la zapatilla, que diría mi abuela? Esto es alucinante. En el suelo también hay dos gallinas picoteando vete a saber qué.

Nick pide permiso y toma la guitarra. La afina, pero le faltan dos cuerdas. Aun así, se espabila para tocar canciones mientras un peregrino entra y le graba sin quitarse la sonrisa del rostro. Me parece un poco descarado, pero es verdad que es otro de esos momentos mágicos. Nick toca de puta madre, hasta yo puedo afirmarlo, aunque yo no tenga ni pajolera idea de música; este chico es un saco de sorpresas. Y para estropear la bella estampa oigo unas risas y comentarios en italiano fuera y entra Martina con otra chica. Nos saluda emocionada —más por él que por mí, obvio—, pero Nick no deja de tocar, aunque le sonríe brevemente. El voluntario se hace una foto con Nick y la guitarra, para inmortalizar el momento, y nos recomienda hacer de voluntarios en el futuro.

—Todos hemos hecho el Camino antes. Te ubican en albergues o en paradas como esta. Duermo detrás, en la barraca. Es una experiencia distinta, pero sigue habiendo esa energía especial.

Digo que vale, pero ahora mismo estoy en mi presente —que bastante me cuesta— y no me apetece probar su posición. Además, me estoy enganchando a lo de andar tanto; a lo mejor, cuando lleve veintiún días se convierte en rutina y ya no puedo dejarlo. Ya me veo bajando y subiendo las Ramblas diez veces al día cuando vuelva a Barcelona.

Martina y su amiga caminan con nosotros y no dejan de hablar. Yo estoy más callada que de costumbre, bueno, que de costumbre aquí, en este Camino que me ha desatado la verborrea, porque en mi casa parecía una muerta viviente. Le envío un mensaje a Kate preguntándole qué tal y me dice que le gusta mucho Francesca. Y pienso que quién coño es Francesca y qué me he perdido. Se ve que es la chica que nos presentó en Burgos en medio de mi momento *drama queen*. La he perdido de vista qué, ¿tres días?, y ya se ha enamorado. Madre mía, pues sí que es intensa, sí. Me río un poco porque justo entonces Nick me pasa la mano por debajo de la mochila y me roza el culo, y pienso que unos días atrás Kate y yo andábamos contándonos nuestros dramas amorosos, y ahora ella está medio *in love* con una italiana y yo… lo que sea con un inglés. Y ella vio venir lo mío antes que yo. Lo que pasa en el Camino… Poco me esperaba este giro de los acontecimientos.

Después de comer —con las italianas, claro—, ellas fichan en un albergue religioso y Nick, con mucha más gracia de la que hubiera tenido yo, dice que nosotros continuamos hasta el siguiente pueblo. No puedo evitar una sonrisa infantil. Aunque no sepa si lo hace para andar más, porque lo tenía planificado o por lo que sea, pero a veces la ignorancia se agradece, pues estoy la mar de contenta de dejar atrás a las *belle ragazze*.

Por el camino nuestras manos van tropezando entre ellas y volviéndose a encontrar al rato. Me cae algún que otro mordisco en el cuello y empiezo a temer que tal vez tenga ascendencia vampírica. Cuando llegamos al siguiente pueblo, nuestros cuerpos van buscando cualquier excusa para tocarse, así que le pregunto a Nick, trabándome un poco, si le apetece que reservemos una habitación de dos. Afirmativo —por suerte—. Vemos un cartel fuera de un hostal que anuncia habitaciones dobles con vistas inmejorables.

Le pagamos al chico y nos acompaña después de sellarnos la credencial. Tras bajar unas escaleras entramos en una habitación con dos literas y yo espero que continúe, pero se queda mirándonos. Yo miro las literas, separadas entre ellas como por cuatro metros, miro a Nick y luego al chico.

—No vendrá nadie más, es toda para vosotros.

Creo que mi cara no disimula absolutamente nada.

—Esto no es un hotel, chicos. Esta es la habitación para dos.

Tomate subiendo a pimiento en tres, dos, uno.

—Por esta puerta se va a la lavandería, pero casi todo el mundo ya ha puesto las lavadoras.

No le puedo mirar a los ojos y cuando se va me giro hacia Nick y nos empezamos a descojonar vivos. Es lamentable.

—A lo mejor las podemos juntar un poco y...

Hace el gesto de mover las literas, pero chirrían como un monstruo de hojalata oxidado. No podemos parar de llorar de la risa. Y lo peor está por venir.

—Mira las «vistas inmejorables».

Y Nick descorre una cortina transparente y vemos a dos metros a unos obreros construyendo la casa de delante.

No sé cómo mi vejiga consigue mantener todos los líquidos dentro, pero le estoy muy agradecida, porque se me doblan hasta las piernas de la risa. Al menos hay bañera. Más tarde quiero estrenarla.

Nick dice que ha comido demasiado, que le duele la tripa. Yo creo que es del ataque de risa. Así que cuando vamos al río solo me baño yo. Entro lentamente, sin prisa, intentando no resbalar con las piedras. Cuando tengo el agua por la cintura me giro, Nick me está haciendo una foto o un vídeo. Le saco la lengua y deja el móvil al lado. Le sonrío y él me sonríe en respuesta. En este viaje se me van a quedar marcadas las arrugas en las comisuras de los labios de tanto sonreír. Cuando salgo me acurruco entre sus piernas, y cantamos y hablamos mirando cómo juegan unos niños en el agua con un flotador enorme. A menudo contesta mensajes en el móvil y parece concentradísimo. Pero cuando le miro, lo resume todo con un:

—Trabajo.

No sé muy bien a qué se dedica, porque cada vez que saco el tema me dice que es aburrido y que no quiere pensar en eso ahora. Y lo entiendo, así que no insisto. De hecho, yo le dije que había estudiado Psicología, pero poco más. Nuestras conversaciones son demasiado estimulantes como para tener diálogos de ascensor.

Regresamos al hostal, y Nick vuelve a invitarme a bailar con él, en ese espacio entre las dos literas. Me canta al oído y yo pienso: «Qué cabrón, cómo sabe conquistar». Aunque no sea la habitación idílica que queríamos, nos pasamos una hora estrenando las dos camas de abajo. Y todas las paredes. Y el suelo. Nick ha tapado con su toalla la ventana. Cuando estamos en plena acción oímos que alguien baja las escaleras. Nick me tapa la boca en un acto reflejo y yo no puedo parar de reír. Lo siento dentro de mí y pienso que, con el ruido que hemos hecho, no creo que nadie se atreva a asomar la cabeza. Oímos como abren una puerta de lavadora y después unos pasos otra vez subiendo escaleras. Cuando el peligro parece haber pasado, Nick me mira y me agarra las manos y me las pone por encima de la cabeza, y entonces le sale todo lo que se ha esforzado en retener ese minuto. Me embiste, mirándome a los ojos, cada vez más fuerte, hasta que gime. Sale y se tumba al lado, todo sudado.

—Perdón. *Fuck*. Perdón.

—No me pidas perdón, me ha encantado verte así.

—Ya, mierda, pero es que… no me he podido controlar.

—Ya, me encanta que no te puedas controlar… El único problema es que ahora calculo que en un ratito… te volveré a buscar.

—Estaré preparado.

Y me besa y me siento toda. Feliz y entera. No solo por Nick, es todo.

Pero el momento no vuelve a llegar, ni el baño prometido tampoco, porque después de cenar Nick empieza a encontrarse mal, dice que le duele mucho la barriga. A medianoche abro los ojos porque le oigo vomitar en el baño.

—Nick, ¿puedo hacer algo? —le pregunto desde la puerta.

—No, no, duerme Ju, *please*.

Pero yo no puedo dormir. El pobre no puede parar de vomitar, debe de estar mareado como una sopa, pero no me deja entrar y no sé qué hacer. Miro en mi neceser y saco un paracetamol y se lo pongo al lado de la litera junto a su cantimplora con agua. Me siento muy inútil. Hace un rato que no le oigo y, después de preguntarle por enésima vez si está bien, me quedo dormida. A las cinco suena la alarma y me levanto de golpe. La apago y corro hacia el baño, pero la puerta está entreabierta y no hay nadie; entonces me doy cuenta de que Nick está en la otra cama. Durmiendo al fin. Veo que no se ha tomado el paracetamol. No sé muy bien qué hacer, así que me vuelvo a la cama, pues yo tampoco he pegado ojo. El problema es que nos van a echar del albergue a las siete y media. Pongo la alarma a las siete, dentro de dos horas, que pasan volando, como si nunca hubieran existido. Me levanto aún más cansada que antes. Voy al baño y el olor a vómito me devuelve a la realidad. Abro la ventanilla, que se ha cerrado por el viento. Veo una toalla empapada en la bañera. Me da mucha pena. Y más que no me dejara entrar... Me visto, preparo la mochila y le despierto con suavidad.

—Nick, son las siete y cuarto.

Abre los ojos ligeramente. Está hecho mierda, pero no pierde la guapura.

—Ju, no puedo caminar hoy. Ve tú, yo cogeré un taxi.

—Sí, hombre, yo puedo ir contigo.

—Por favor, quiero que camines y luego me cuentas lo que vas viendo.

Antes de que me niegue en redondo, añade otro por favor con unos ojitos bastante irresistibles. No sé cómo me convence. Voy arriba y hablo con el chico para que le deje quedarse unas horas más. Le preparo una manzanilla y regreso a la habitación. Le miro descansar un rato. Tengo una sensación de inutilidad alta. Al final, sin estar muy convencida, cierro mi mochila.

—Buen Camino, Ju.

—Cualquier cosa me llamas. Por favor.

Asiente y se vuelve a dormir. Y yo salgo y comienzo a caminar sola, como hace días que no hacía. Vine aquí pensando que estaría muy sola y al final… la vida siempre te sorprende. Tengo la sensación de que siempre me da lo que le pido o necesito, pero no cuando o como lo deseo. Como si la vida estuviera escuchando, pero necesitara sonotone. Por ejemplo, recuerdo esa vez que, siendo ya adulta, me tocó en la rifa de una cena solidaria una muñeca que había pedido en todas las cartas a los Reyes Magos cuando era pequeña. Se la regalé a mi prima porque en ese momento ese deseo ya había caducado. Pensé: «Mira cómo se cachondea de mí la vida». Pero estos días se está portando muy bien, así que no me quejo. Bueno, a ver, no es que la habitación ni la noche de vomitera fueran perfectas, y la bañera tenía que servir para otra cosa, pero es que llevábamos una racha demasiado idílica. Solo espero que ahora no vaya todo para abajo. No, no le dejaré. Ajústate el sonotone, vida.

Al cabo de una hora, delante de mí veo un arcoíris entero —bueno, medio, no da la vuelta entera, solo la mitad— que cruza la carretera. Me emociono y busco a alguien con quien compartir esa visión, pero no hay nadie. Como si fuera un regalo para mí sola. Aunque compartir las cosas bonitas siempre me parece mejor. Sonrío y le hago fotos, le mando una a Nick y entonces chaf. Chaf. Me empiezan a caer unos goterones enormes que en cuestión de segundos se transforman en lo que bien podría parecer una tormenta tropical. Me refugio bajo un árbol mientras me pongo mi capa de fantasma. Tengo el pelo empapado. Miro alrededor y alucino. El cielo luce azul claro por todas partes excepto sobre mi cabeza. Tengo un nubarrón negro encima, parece que solo me llueve a mí, como en *El show de Truman* —otra vez me viene esa película a la cabeza, será porque hay algo del Camino que me parece hecho aposta—. No sé si la vida me está vacilando o es que soy estúpida porque me he emocionado con un arcoíris sin pensar que salen con la lluvia. Nick me responde a la foto, pero enseguida le mando otra de mi situación actual.

Nooooooo! Mi pequeño fantasmito

Intento decidir si es mejor avanzar y probar a dejar atrás la nube o retroceder, pero las decisiones no son lo mío y la nube parece cansarse antes. Cuando afloja, continúo andando bajo un recuerdo de lluvia.

En el siguiente pueblo paro a desayunar, o a comer, no lo sé muy bien, y aprovecho para cambiarme la camiseta empapada en el baño. Mientras mastico la pasta sin gluten —porque cuando he visto que tenían pasta sin gluten no he podido resistirme, aunque sean las doce—, pienso que no sé lo que hago porque cuando estoy sola no conozco a mucha gente, pero sinceramente... no me importa, porque he conocido a los mosqueteros y quien mucho abarca poco aprieta. Y no le pidas peras al olmo. Últimamente me vienen a la cabeza una de refranes de los que decía mi abuela... Es que hay algunos que están muy bien pensados, la verdad —y otros ya no tienen ningún sentido—. ¿Aún se inventan nuevos refranes hoy en día o seguiremos diciendo los mismos hasta que se vayan desvaneciendo?

Nick me manda un mensaje con el nombre del hostal al que ha llegado y dice que se echa un rato.

El rato se alarga, porque cuando yo llego al cabo de varias horas aún duerme. Pongo mi mochila en la litera de arriba, aunque no me guste nada dormir ahí, con el pánico de caerme porque no tiene barandilla. Pero me hago la adulta valiente y dejo mis cosas. Una mano frota mi pierna.

—Buenos días.

Y tira de mí hacia él. Me caigo literalmente encima de Nick y entonces entra Martina en la habitación. Vaaaya, no se va ni con aguarrás. Hola, *ciao*. Conversación absurda y se vuelve a ir, no sin una mirada rápida a la mano de Nick sobre mi pierna. Intento no dejar que el pensamiento de que él haya venido aquí por ella se apodere de mí.

—¿Cómo te encuentras?
—Mejor.
—Nick, estás hirviendo.
—Sí, ya.
—¿A cuánto estás?
—Muy caliente —me dice travieso.
—Ja, ja, ja.
—No me he puesto el termómetro. Solo quería dormir.
—Joder, tendría que haber venido contigo.
—¿Y perderte el arcoíris y la lluvia?

Le echo una de mis miradas asesinas mientras salgo a pedir un termómetro.

Nick está a treinta y ocho, así que le doy otro analgésico y se queda durmiendo toda la tarde. Estamos en un sitio que no llega a pueblo y no hay nada que ver ni hacer, así que me dedico a lavar nuestra ropa, escribir en mi libreta y abrir Instagram, cosa que no había hecho desde que llegué. Pero básicamente no hay nada ni nadie que me apetezca ver y me pongo de mal humor, como cada vez que entro en esa aplicación. Entonces pienso en buscar la cuenta de Nick, pero no tengo ni idea de su apellido o de si tiene esa red social siquiera. Martina está hablando por teléfono mientras se pasea por el césped, como si estuviera en su casa. Habla en italiano y fuerte, se entiende bastante bien, o tal vez es que me he acostumbrado estos días con tantos italianos alrededor. Cuando oigo que se refiere a un chico pongo la oreja. Me parece entender que dice que se conocieron en otro sitio y empiezo a dudar si ella y Nick ya se conocían de antes. Después empiezan a hablar de un músico y desconecto.

Qué haces?

Sonrío. Me escribe estando a unos metros de mí.

> Tengo turno de enfermera del peor enfermo del mundo

Xq el peor? ☹

> Porque no me deja cuidarle

Entro en la habitación y le encuentro con el teléfono en la mano. Me siento a su lado y le pongo la palma de la mano en la frente, en un gesto muy de madre que no puedo evitar. Parece que le ha bajado la fiebre y dice que tiene hambre.

Vamos al bar y la chica, extremadamente amable con él, se ofrece a prepararle un arroz blanco con su agua, que es lo que va mejor; el agua, dice.

—Me siento muy cuidado.
—¿Es irónico?
—No, evidentemente que no, Ju.
—Pues yo te habría cuidado mucho más.
—No quería que me vieras así. Fue horrible.
—Sí, ya. No eres el primer ser humano con una gastroenteritis, o lo que sea.

Me saca la lengua, que tiene más blanca que una tiza.

—¿No estás acostumbrado a que te cuiden?

Sus labios se contraen y sus ojos se vuelven más duros, pero enseguida los afloja. Empiezo a conocer su reticencia en cuanto a hablar de sí mismo se refiere.

—Sí, no me puedo quejar. Tengo mucha gente alrededor y sí, me cuidan, pero no así, tan... no sé, distinto. Igualmente, ni en mi peor resaca...

—¿Has tenido muchas?

—Digamos que pasé una juventud intensa.

—¿Y ahora qué somos?, ¿abuelos?

—Que yo sepa no. Espero no tener descendencia desconocida.

No me río de la broma. Porque de repente le visualizo con quince años: un guaperas —a pesar de ser la edad más deformante para el resto del mundo, en que de repente tenías la nariz como el señor Potato y encima decidían ponerte brackets—, de fiesta con amigos que hacían eso de tirarse al pilón los unos encima de los otros sin preocuparse por asfixiar a alguien, ese que bebía y fumaba y no parecía que eso le quemara el esófago... basta. No quiero pensar que nunca hubiéramos sido amigos. Aquí y ahora es lo que importa. Somos quienes somos ahora. Él da la impresión de que estaba pensando algo parecido, para variar.

—Tú debías de ser de las buenas, de las que no se drogan, ni fuman ni faltan a clase, ¿a que sí?

—Bueno, en general no hice mucho el capullo, no... —Me visualizo devorando libros como si tuviera que batir algún récord, cortándoles los pitis a mis amigas, sacando un brik de zumo en la discoteca..., Dios—. Supongo que era una chica aburrida.

—Eres de las personas más divertidas que he conocido.

Le miro de lado, discrepando.

—La fiebre te ha vuelto un poco pelota.

Engancha su cabeza en mi hombro, con fuerza.

—No me quiero ir.

—Pues no te vayas.

Levanta la cabeza y me mira serio.

—De verdad que no puedo. Pero me encantaría.

Y yo pienso en la típica frase de taza o alfombrilla con mensaje motivacional. «Si quieres, puedes». Y luego pienso que no soy suficiente para que se quede. Pero les digo a mis inseguridades que se vayan a tomar viento. Le traen el arroz y a mí el pescado con patatas fritas, y me da envidia. Quiero su caldito, como cuando trabajaba de canguro y quería comerme la cena de los niños, todo bien troceadito. Intento comer, aunque me cuesta y acabo dejándome la mitad. Sí, lo sé, eso no se hace, no se deja comida en el plato.

Martina viene a ver cómo se encuentra Nick —qué maja— y me esfuerzo por que no me domine mi yo primitiva y territorial. Voy al baño mientras hablan. Y pronto me olvido de la italiana porque empiezan a darme temblores y retortijones. No, por favor.

Ha pasado mucho rato y no puedo levantarme de la taza. Se me ha dormido el culo.

—¿Ju? ¿Todo bien?

—Nick, vete, estoy igual que tú ayer.

—*Oh, shit.*

—Nunca mejor dicho.

Está siendo una jornada idílica.

Paso la noche en vela, sobran las explicaciones. Por la mañana nos volvemos a quedar hasta tarde en el hostal, aunque nos echan de la habitación porque la tienen que limpiar, así que nos sentamos en las sillas de plástico del jardín. Busco autobuses, pero Nick dice que tomaremos un taxi; no protesto porque no tengo fuerzas. Estoy sentada, medio adormilada encima de Nick, acurrucada con todas las chaquetas y ropa que llevábamos, helada. Él me acaricia y me va dando agua con azúcar. Y yo pienso que ayer lo dejé en un estado peor y me fui a andar. No sé en qué pensaba. Él no se ha dejado convencer y ha dicho que tampoco es que estuviera muy fuerte para ponerse a andar, aunque parece que es un virus de esos que duran veinticuatro horas. Eso espero, porque, si voy mucho más al baño, voy a desaparecer.
—Joana.
—Mhm.
—Mañana me voy.
—Lo sé.

Y nos quedamos un rato más así, con mi cabeza en su pecho caliente y él acariciándome el pelo.

—Por cierto, ¿tienes Instagram?

—Ju, por favor, descansa.

—Ay...

Protesto, pero por toda respuesta él empieza a cantarme, parece que quiera hacerme callar. ¿Esconde algo? Tal vez una pareja o quizá... «Sht, Ju, descansa». Esto de dialogar yo sola con mis propios pensamientos resulta bastante perturbador.

Salimos a esperar el taxi en la calle, pero una especie de mosquitos minúsculos y pegajosos se nos enganchan al cuerpo, sobre todo a la camiseta de Nick. Se los voy quitando a manotazos, pero se agobia y empieza a pasearse rápido de un lado para otro, como si pudiera despistarlos, hasta que al final pierde la batalla y se quita la camiseta nervioso y rápido haciendo aspavientos, mientras yo, sentada encima de la mochila, me río a pesar de lo débil que estoy.

El taxi nos deja en el siguiente pueblo, delante de un hotel que ha reservado Nick. No albergue, pensión u hostal, no. Hotel. Pienso que este chico va a arruinarme, pero paga él el taxi y el hotel, bajo mis protestas constantes. Al entrar en la habitación no puedo evitar sonreír al ver una cama de matrimonio perfecta. Nick me mira.

—Sí, lo sé. Un desperdicio.

Me despierto al cabo de unas horas y mi barriga suena con fuerza. Ahora soy yo quien quiere un arrocito de enfermo, de esos con agua.

Bajamos al restaurante más próximo y mientras intento

hacerle entender al camarero lo que quiero —y eso que hablamos el mismo idioma— un grupo de chicas de otra mesa se acercan a la nuestra entre risas y chillidos.

—Perdona, ¿podemos hacernos una foto contigo?

Y yo miro alrededor y arrugo la nariz. Pero qué...

Pero entonces Nick se levanta y una de las chicas me pregunta si puedo hacer yo la foto y, mientras tengo su iPhone en la mano, Nick no deja de mirarme y yo a él. Y mi cabeza da más vueltas que mi barriga. Se van las chicas y yo me quedo de pie, absolutamente en shock.

—Ju.

Nick me toma de las manos y me acompaña a sentarme. Le oigo respirar hondo. Me traen un arroz seco, sin el agua curativa, y yo articulo un gracias sin sentir que estoy aquí. Como si me hubieran catapultado a otra galaxia. Me molestan los ruidos y me siento mareada.

—Ju.
—¿Quién eres?
—Nick.
—No me vaciles. ¿Cuál es tu apellido?
—Nick Evans.

Me pongo a buscarlo en Google.

—Joana, espera. Solo soy músico...

Pero no es «solo» músico. Hay más de quince millones de entradas con su nombre. Entro en Instagram y lo busco. Tiene más de tres millones de seguidores. Veo fotos de él tocando la guitarra en un escenario con luces violetas. Me llega una notificación: Nick Evans ha empezado a seguirte. Levanto la mirada y me encuentro con la suya, con una sonrisa de súplica.

—Lo siento.

Pero a mí no paran de venirme imágenes a la cabeza como un torrente: todas las personas que se le acercaban, él tocando la guitarra, el chico grabando, la gorra y las gafas permanentemente puestas, el voluntario sacándose una foto con él, Martina adorándole, Michael diciéndole «*rock star*». Nosotros cantando. Él cantándome. Soy imbécil.

—Por favor, Joana. No me mires así.

—¿Así cómo?

—Como si no me conocieras de nada.

—Es que no sé quién eres.

—No, *please*. Ju...

Pero estoy muy agobiada para pensar, para comer, para hacer nada. Me levanto y voy al baño, pero me mareo y me doy con el respaldo de una silla en el muslo. Perdón.

Me lavo la cara con agua muy fría. Respiro. Poco a poco me calmo. No sé por qué lo estoy pagando con él ni por qué me ha sentado tan mal. Vuelvo a la mesa.

—Perdona, me ha cogido por sorpresa.

—Joana, sí me conoces, me conoces mucho mejor que casi todas las personas, aunque solo hayamos estado juntos diez días, te lo digo en serio. Aunque no supieras a qué me dedico. Sabes mucho más de mí que la mayoría.

Le sonrío e intento creerle.

SEGUNDA PARTE

Nick se marchó ayer. Y resulta que la excusa para irse era bastante válida: un concierto en Texas con varios miles de entradas vendidas. *Touchée.* No fueron los mejores dos últimos días, entre vómitos, diarreas y descubrir que es mundialmente famoso. Vale, a ver, reconozco que me tranquilizó ver que pertenecía a una banda, que el grupo es conocido, pero que al menos él no es el cantante, sino el guitarrista. Me hubiera dado un jamacuco aún más grande si hubiera sido una especie de Ed Sheeran. Yo vivo en mi mundo y reconocería a poca gente famosa, porque no me interesa mucho ese mundillo y soy malísima para las caras, pero tampoco es que él sea Bruce Springsteen. Creo. Da igual, el tema es que conseguimos volver a ser nosotros; más o menos, porque yo aún estaba mala cuando me dejó en la cama. Le regalé mi tobillera y se la puso en la muñeca con dos vueltas. Él quería regalarme su chaqueta para que tirara mi fantasma, pero me supo mal, así que me dejó su camiseta, sucia, porque es la que llevaba el penúltimo día y no tuvimos tiempo de lavarla. Nos repartimos los tréboles y él guardó el suyo en su monedero nuevo de tetrabrik alemán. Cuando se fue, me dio un abrazo y casi ni me miró. Me quedé contemplando el techo unos minutos, ausente, dilatando el momento, pero entonces oí unos pasos y volvió a entrar en la habitación. Mi corazón se aceleró. Me puso una piedra en la mano.

—¿Puedes dejar esto por mí?
—¿Dónde?
—Cuando llegues lo sabrás.
—Mmm... Vale.

Me acarició la mejilla y me dio un beso suavísimo en los labios. Cerró los ojos.

—Me tengo que ir. No quiero.
—Lo sé.

Y sonreímos. Nuestros «Lo sé» han pasado a ser parte de nuestro pequeño universo.

Me pasé el día en la cama y por la tarde, aunque me dio pena deshacer la mochila porque Nick me la había dejado toda bien ordenada, lavé la ropa —su camiseta incluida, muy a mi pesar— y fui al supermercado a comprar un paquete de arroz y una cebolla para prepararme la sopa de enfermo que me hacía mi madre. Evidentemente, no me quedó tan buena como a ella.

Y hoy, pues me he levantado agotada pero mejor, así que he emprendido la marcha con calma y un Aquarius en la mochila. Tengo un buen moratón en la pierna de cuando me comí la silla en el restaurante en mi momento estelar. He protagonizado bastantes momentos dramáticos estos días para considerarme tímida, con lo poco que me gusta el melodrama.

Poco a poco me voy cargando de energía. Me pongo los auriculares y le doy a mi lista de reproducción, que es la misma de hace años, a la que voy añadiendo temas a cuentagotas. Se podrían definir las etapas vitales solamente con la banda sonora. Pero hoy voy pasando las canciones a los pocos segundos porque ninguna me apetece y me doy cuenta de que todas son muy melancólicas. Una banda sonora para cortarse las venas. Me paro un momento, me siento en una roca y busco mis listas más antiguas, de cuando era casi adolescente. Los Beach Boys empiezan a cantar y yo reemprendo la marcha. Canto flojito y mis pies se unen al ritmo de la canción y al poco también lo hacen mis hombros. Empiezo a dar saltitos siguiendo el ritmo y cuando me doy cuenta estoy cantando a pleno pulmón. Si alguien me ve... pues que me vea. Decido empezar de cero una nueva lista de reproducción porque me doy cuenta de que, aunque siguen gustándome, en este momento de mi vida las canciones tristes ya no hablan de mí.

De repente se me ocurre buscar el grupo de Nick. Es muy raro pensar que es él cada vez que escucho una guitarra. Suenan como a grupo pop-rock, pero a lo mejor los clasifican de otra manera de esas que yo no domino: indie-pop y esas moderneces —madre mía, definitivamente mi abuela me está poseyendo—. Ha habido una canción llamada «June» que me ha gustado en especial. Me siento mal porque fui muy desagradable con su trabajo. No sé por qué en mi mundo ser famoso te baja puntos en vez de subirlos; tal vez en otra vida mi padre fue un actor famoso, alcohólico y mujeriego que nos abandonó —cuántas pelis malas te has tragado, Joana—. Al fin y al cabo, Nick es un músico, un artista a quien le han ido bien las cosas, y yo lo traté como si fuera un asesino en serie o un proxeneta. Así que para compensarlo le mando un pantallazo escuchando su canción, pero luego dudo porque no quiero que piense que ahora me flipa más por su trabajo que por lo que es. Debe de ser muy complicado sentir que la gente te valora más por lo que haces que no por lo que eres, que nadie te conoce de verdad o que en el fondo no les interesas, todo purpurina efímera que acaba pringando el suelo. Así que borro el mensaje y guardo el móvil, que al final me voy a acabar comiendo un árbol.

Qué has borrado?

Mierda.

Era un pantallazo de mi lista de reproducción con "June", que me ha gustado, pero no quería que pensaras que ahora me había vuelto una fan atolondrada

Ajajaa, dudo que tú te conviertas nunca en una fan de nadie... Yo sí que soy fan tuyo, Ju

Pelota

Sht.

> Yo también lo soy de Nick. Del Nick que
> ahuyenta mosquitos, me llama Ju
> y consigue hacerme bailar en medio
> de dos literas

Miss u.

Continúo caminando, sonriendo, pero al final me guardo el móvil en la mochila para no meterme una hostia y porque si lo tengo cerca lo miro cada dos segundos. Y porque el amor nos vuelve de un cursi que me produce arcadas a la vez que mariposas. ¿He dicho amor? Ha sido un error gramatical.

Vuelvo a cantar a todo volumen, ya no necesito ni música. Yo sola en medio del campo. Y va de puta madre. Me siento valiente y orgullosa, de estar bien, aquí y ahora. Sin expectativas. Una tranquilidad armónica desconocida. Pues encantada de conocerte.

Llego al albergue municipal a las doce. Es mi récord. Y eso que ayer estaba enferma. No abren hasta la una, así que me apoyo en la pared de la casa, que parece hecha de paja y barro, y le hago una videollamada a mi prima Laura.

—Ay, ay, ay, qué ilusión. Joder, pero qué guapa estás. ¿No tenías un virus?

—Sí, me encuentro un poco mejor. Hoy ya he vuelto a caminar.

—Joana, se te ve espléndida. ¿Estás bien?

—Estoy feliz, Laurita.

—No sabes lo contenta que estoy de oír eso. Y de verte. ¡Ay, te quiero! ¿Qué, el inglés?

—¿Qué de qué?...

Será posible.

—A ver, me mandas unas fotos de los cuatro mosqueperros esos y se ve, es que se ve. Dime que no ha pasado nada.

—Mmm...

—¡Lo sabía!

—Pero, Laura, de verdad, no estoy bien por él; de hecho, ya se ha ido. Estoy bien yo. Yo sola. Te lo juro.

—Vale, vale, te creo y me encanta... Pero, a ver..., un chico así siempre ayuda.

Y continuamos riendo y parecemos las mismas primas que cuchicheaban hasta las tantas de adolescentes. La he echado de menos. Estos años. He echado de menos muchas cosas porque yo no estaba aquí. Me he echado de menos a mí misma. Pero he vuelto. Y estoy agradecidísima. No me quiero ir nunca más.

Me pone al día y su vida me suena como de una tierra lejana. Entonces llegan dos chicas y abren la puerta de la casa. Me despido de mi prima y me doy cuenta de que han ido llegando más peregrinos mientras estaba al teléfono, así que entramos y nos explican las normas del albergue: que es de donativo, que pongamos lo que queramos mañana en la cajita decorada con una carita sonriente —nota mental: no te olvides del donativo, Joana—. Que ahora es fiesta mayor y que nos agenciemos tapones para la noche porque hay conciertos a tan solo unos metros y que, a las nueve, para quienes quieran ver la puesta de sol quedamos en la puerta. Perfecto, otra puesta de sol. Nunca había visto tantos amaneceres y ocasos, y lo estoy disfrutando como si acabara de nacer. Me encantan.

Intento deshacer la mochila con cuidado de no desparramarlo todo por la cama, como me ha enseñado Nick. Por la tarde paseo por el pueblo, compro tapones y algo para el desayuno de mañana en un pequeño colmado, y al salir veo mucha gente dirigiéndose al mismo sitio, así que los sigo; claro que sí, con personalidad.

Hay un torneo de pelota vasca, y todo el pueblo y alrededores parece concentrarse aquí. Me siento en las gradas y observo esa animalada de juego. Unos tíos le dan unas hostias fortísimas con la mano a una pelota que rebota contra la pared, y vuelta a empezar. Es como un frontón sin palas. Es adictivo y veo tres partidos. Hay una pareja de veteranos que parecen los favoritos. Es raro estar en medio del ambiente festivo y de vez en cuando pillo a alguien mirándome; claro, voy hecha un adefesio comparada con los que me rodean, dos mundos distintos. Estoy tan centrada en el Camino que pierdo la noción de los otros mundos, es rarísimo. Pienso en todas las personas con las que te cruzas en la vida, en que nunca sabes qué están viviendo en ese momento, en cómo estando tan cerca físicamente podemos estar a años luz.

Al regresar me preparo la cena en la cocina, pronto, para ir a ver la puesta de sol ya cenada. Voy al comedor y me siento al lado de un chico italiano, Matteo, que no tiene ni un pelo, ni tan siquiera en las cejas. Delante tenemos a las dos voluntarias, que nos cuentan que es su última noche, que se han conocido aquí y han estado un mes juntas y que se han hecho tan amigas que ahora una se va al pueblo de la otra a pasar una semana de vacaciones. Me sacan una foto con Matteo mientras yo pelo una manzana, y él sonríe, y cuando nos la enseñan, pienso que sí que estoy radiante. Todos lo estamos aquí. Nos brillan la piel y los ojos. Madre mía, estoy tan positiva que parece que vaya fumada.

Subo a la habitación para hacer tiempo, y una mujer de pelo corto y mirada enérgica se presenta: es Maddie, de Sudáfrica, y este es su noveno Camino. Se nos une a la conversación un hombre francés de cincuenta y cinco años que nos cuenta en un inglés atropellado que unos meses atrás tuvo un ataque al corazón y ahora está haciendo el Camino; y lo repite: ahora estoy aquí haciendo el Camino de Santiago. Se le ve superorgulloso, y no me extraña. Bajamos para reunirnos con los otros y, mientras caminamos, Maddie me cuenta que hay tantas historias en el Camino que, al volver, ella ha escrito un libro de cada uno de ellos. Pues no es mala idea. Me complace saber que la magia no se acaba con el primero. Tampoco es que quiera volverme una adicta o no viajar a ningún otro sitio, pero saber que existe esto es una maravilla. Otro lugar favorito. Una opción siempre abierta. La libertad de escogerla.

La puesta de sol es espectacular, otra vez ese juego de colores que cambian a cada minuto. Además, nos han llevado a un pequeño lago donde una bandada de pájaros parece posar para las fotos, volando en contraste con el sol naranja. Durante el mes que las voluntarias han estado aquí han estudiado el mejor rincón para ver la puesta. Tengo la fortuna de estar aquí en su último día. Le mando una foto a Nick.

> Sí que soy fan. De estas puestas de sol

Cuando volvemos al albergue, recibo como respuesta una foto suya sacándome la lengua en un escenario vacío en un estadio enorme. Hago zoom y veo que tiene un pinganillo saliéndole de la oreja. Claro, tiene el concierto en unas horas. Pienso en la diferencia de momentos del presente.

> Mucha mierda

No sé si los músicos dicen lo mismo que en teatro, pero me entiende.

> Es rarísimo estar aquí. Sin ti.
> Sin flechas amarillas

Le mando la foto de nuestros pies contra la puesta de sol del otro día, que ahora me parece muy lejana. Nos despedimos y me duermo encantada de la vida, literalmente.

Esta mañana me he levantado agotada. Sin verlo venir. Es un sentimiento que reconozco porque he vivido así durante mucho tiempo, pero hacía días que no lo notaba —virus aparte—. Así que lo agradezco, porque pienso que de esta manera no me olvido y puedo valorar lo bien que estoy últimamente. A veces pienso que soy masoquista, pero no puedo evitar pensar estas cosas; por ejemplo, cuando lo pasé tan mal con la ruptura, había una parte de mí que estaba casi orgullosa de haberla vivido, como experiencia vital, porque te da más conocimiento y consciencia, capacidad de entender y empatizar con los otros en situaciones parecidas, de relativizar. Como si fueras un Pokémon evolucionado.

Voy andando al lado de la carretera y me doy cuenta de que tengo la luna a un lado y el sol al otro. Intento hacer una fotografía panorámica de esas que quedan más largas que un fuet y que deambulará en el carrete virtual del móvil ocupando gigas. Pero yo he capturado el sol y la luna en el mismo fuet. ¡Joder, me he olvidado de poner el donativo! En medio de mis elucubraciones mentales me viene en un flash mi salida matutina del albergue. Me siento fatal, como si me acabaran de pillar robando o colándome en el metro —sí, este es el nivel—. Me digo que no lo he hecho aposta, que no pasa nada, que seguro que le ocurre a mucha gente al levantarse tan temprano. Pero no me trago mis propias excusas. Pienso en cómo hacerles un bizum, pero al poco me doy cuenta de que tal vez sea otro aprendizaje para mí. Siempre tan correcta y responsable. Esta escuela de adultos es difícil, ¿eh? Te pincha en cada debilidad.

Al cabo de unas horas, el agotamiento ha ganado al positivismo y empiezo a notarme ofuscada. Y entonces, pam, se me cae la mochila de un hombro. Fantástico, se ha roto la cinta. Gracias por este sueño. Aunque no me puedo quejar, es una mochila de instituto de hace como veinte años —joder, ¿tanto hace ya que no voy al instituto?— y le estoy dando un buen ajetreo. Pero yo creo que los libros que llevábamos pesaban más. Le hago un nudo provisional y sigo.

Oigo unos silbidos, pero no me giro. Siguen silbando, así que al final me doy la vuelta discretamente y veo a lo lejos a un chico haciendo aspavientos con algo en la mano. Le espero y veo que tiene mi concha, que debe de habérseme caído al romperse la mochila. No me lo puedo creer. Menos mal, qué suerte que viniera justo detrás, me hubiera dado casi más pena que el palo, con todas las firmas de peregrino que ha ido acumulando. Nos ponemos a andar juntos, y él tiene ganas de hablar y me cuenta su historia. Nació en Tenerife, pero es nómada, hace diez años que dejó su trabajo, alquiló su piso y se fue por el mundo. A hacer voluntariados mayormente. Ha vivido en cuatro continentes. Estamos ciegos, dice, la sociedad está ciega. Y él abrió los ojos. Es libre. Hace de *coach* a veces. Hay algo de él que no me apetece, aunque no entiendo qué es, porque es simpático y ha aparecido justo para traerme la concha en el momento en que me estaba ofuscando. Cuando estoy cruzada parece que me enfunde las gafas de mosca cojonera. Todo lo que veo tiene defectos; bueno, mejor dicho: le encuentro defectos a todo lo que veo.

Cuando pasamos por un bar, saluda a unos peregrinos muy rubios y yo me planteo ir al baño, pero no quiero pedir nada para beber. No calculaba quedarme tantos días y mi cuenta corriente está al borde del desastre —aunque juro que lo de esta mañana no ha sido aposta—. Cuando arrancamos me pregunta en qué pienso y le suelto que debería haber ido al baño, pero no quería pedir nada. No sé por qué soy tan sincera. A veces no sé no soltar lo que me pasa por la cabeza. Mi ex decía que estaba bien ser sincera, pero que no hacía falta que lo dijera todo —qué pesadez que siga tan presente, aunque supongo que es normal, empapa muchos recuerdos; pero, bueno, que se podría ir yendo hacia otra parte del cerebro menos transitada, la verdad—. El chico se para en seco y me hace volver. Dice que vaya y pregunte por el baño y punto. Tampoco sé por qué le hago caso. Entro y pregunto por favor si podría usar el baño, con la voz temblorosa. Cuando estoy haciendo pipí pienso que ya va siendo hora de superar estas pequeñas tonterías. El cuerpo no merece estresarse por cosas que no tienen ninguna importancia. Lo peor que hubiera podido pasar es que me dijeran que no o tener que comprar un agua. Pero los humanos somos así, rellenos de microtraumas o personalidades que no sabemos de dónde salen y nos complican un poco la existencia. Aunque seamos conscientes de su inutilidad y de lo afortunados que somos la mayoría. Cuando salgo le doy las gracias. A veces estoy harta de pedir perdón y dar las gracias todo el rato. Menudo día tengo.

Cuando llegamos al albergue, él saluda a todo el mundo y yo pienso que es otra Kate, esas almas sociables que parece que aprovechan cada ocasión para conocer a alguien. Yo, con la simpatía que me caracteriza, me retiro a la habitación y deshago la mochila. Entonces veo que me he dejado el diario, supongo que en el otro albergue. Joder, qué me está pasando: la mochila, la concha, el diario. ¡Mierda, el trébol estaba dentro! Y el resumen de todos mis días, ¡que no tengo memoria! Llamo por teléfono al albergue, pero las voluntarias que conocí se marchaban hoy y los nuevos no lo cogen. Mando un e-mail y luego un mensaje a Kate para pedirle que si pasa por ahí por favor lo coja. Después me doy una ducha para intentar renovar la energía con el agua, porque tengo un mal día, y cuando voy de malas parece que el mundo me las devuelva. *Mea culpa, mea culpa mea, maxima culpa*. Claro que sí. Además, he perdido el trébol y, aunque no me considero supersticiosa, pienso que a lo mejor la suerte me está abandonando. La vida a veces tiene un poco de mala hostia, porque cuando estás bien parece que todo te sale genial, tienes suerte, la gente es amable contigo... y viceversa. Y lo entiendo, la energía que proyectas y tal, pero digo yo: ¿no tendría que ser al revés? Porque cuando tú estás bien, tienes la fuerza suficiente para gestionar pequeñas desventuras o a gente imbécil, pero cuando estás menos fina tendrían que salirte cosas bien para alegrarte el día. O tal vez es que las cosas pasan igual pero no las vemos cuando estamos mal. Pero no; por ejemplo, en este viaje soy consciente de que estoy teniendo una suerte aberrante. Y antes no era así. Bueno, lo dicho, que espero que ahora no se dé la vuelta la tortilla.

Ceno con el chico que no calla y un grupo de jóvenes españoles, y con «jóvenes» quiero decir descaradamente más jóvenes que yo. Hay unas hermanas que parecen majas y, a pesar de su corta edad, dicen que ya han hecho de voluntarias en repetidas ocasiones en el pasado. La verdad es que me aburro un poco. Además, no me gusta hablar español, me estaba encantando lo de la inmersión lingüística. Me siento fuera de lugar, como si mi grupo no fuera este, sino los mosqueteros escampados por doquier. Pienso en cuántos Caminos diferentes puede haber dependiendo de con quién coincidas, y estoy tremendamente agradecida a mi grupo. Porque, aunque no sigamos juntos, para mí es mi grupo, mis mosqueteros, mis Cuatro Fantásticos, mis Spice Girls.

Me despierto muy temprano porque se empieza a correr el rumor de que de aquí en adelante hay problemas para encontrar alojamientos, así que salgo cuando aún es negra noche. Estoy sola en la oscuridad y paso al lado de una zona industrial. Es el primer día que necesitaría una linterna, que tengo un poco de miedo y mucho frío. Pienso en llamar a Nick, pero no quiero hacer eso, empezar ese patrón; no quiero que me salve ni quiero necesitarlo. Recuerdo la frase de mi psicóloga —sí, los psicólogos también pueden ir al psicólogo—: no tienes que hacerlo todo sola. Cada vez que me la decía, yo refunfuñaba, me costaba darle la razón. Porque la línea es muy fina y, cuando cuentas con alguien, es mucho más fácil acabar decepcionada o herida. Y no quiero esperar nada de nadie. Pero se puede contar con alguien sin pedir nada.

Sé quién estará despierto seguro: mi padre. Se levanta cada vez más temprano con la edad. Pero hace años que casi no hablamos más que por algunos wasaps en fechas señaladas. Cuando cumplí los quince, mi padre se fue a vivir a Valencia con su nueva pareja. Yo, en realidad, agradecí quedarme en una sola casa con mi madre, ya que me había pasado toda la infancia yendo de una casa a otra, a diario: lunes, mamá; martes, papá; miércoles, mamá… —sí, padres separados; sé que la organización es difícil, pero no hace falta que los hijos sufran un ictus por estrés antes de los quince—. Y, además, él siempre estaba trabajando. Me lo coge al segundo tono.

—Joana, ¿todo bien?

Cuando se le pasa el susto tenemos una conversación agradable, hablamos de libros y filosofamos un rato, me acompaña hasta que encuentro un pueblo y nos despedimos. Ha sido buena idea llamarle, creo que se ha quedado contento de sentirse padre y útil. Suena fatal, pero es así. Debe de ser difícil despojarse de un rol cuando los hijos se van de casa o cuando te vas tú. Lo dicho: las relaciones son muy complicadas.

Cada vez tengo más frío. Pero en este pueblo no hay ni un maldito bar y yo ya no siento las manos. Ojalá me hubiera quedado con la chaqueta de Nick. Miro el recorrido: ocho kilómetros hasta León. Mierda. Me pongo otra camiseta y el chubasquero de fantasma encima; digo yo que algo aislará, es puro plástico.

Llego a las afueras de la ciudad absolutamente congelada. Me cuesta andar y tengo las manos cerradas y apretadas dentro de las mangas del chubasquero. Me detengo en el primer bar abierto que encuentro y pido una infusión caliente.

La chica debe de alucinar con mis pintas y mi frío en pleno agosto, pero es que he salido a las cuatro y estábamos a diez grados. Me siento con la infusión entre las manos un buen rato y ruego al universo no caer enferma.

Busco tiendas de deporte para comprarme una mochila, pero me doy cuenta de que es festivo, 15 de agosto; ya no sé ni en qué día vivo... Por una vez que paso por una gran ciudad... Falta mucho para la siguiente y mi invento de nudo no aguantará, además de que me tira más de un hombro que del otro. Mando un mensaje por Instagram a una tienda de montaña que anuncia que siempre está abierta para los peregrinos y me contestan, antes de salir del bar, que quedamos en una hora en la dirección señalada en su página. Aprovecho ese lapso para ver la catedral y hacerme una selfi para no olvidar que estuve en León, ya que no pasaré la noche aquí. Si algo he comprobado es que no me apasionan las grandes ciudades, y menos en el plan peregrino. Aunque parece muy bonita, me la apunto para otra ocasión. Me está gustando esto de descubrir rincones y ciudades de España, yo era de las que, puestos a viajar, prefería internarme en culturas y paisajes diferentes, pero es verdad que en este país hay multitud de escenarios, y la gente y la manera de hacer las cosas también varían de un sitio a otro. Y la comida. Cómo echo de menos el *pa amb tomàquet*. Es una costumbre que no entiendo que no hayan adoptado en todas partes.

Llego a la tienda y un hombre sonriente me hace pasar, como si no le acabara de joder el día festivo. Ha abierto para mí y se toma todo el tiempo del mundo para buscar una mochila perfecta. Es muy amable y me pregunta lo de siempre, que adónde quiero llegar, que de dónde soy... Él se dedica a esto, pero nunca ha hecho el Camino. Me sorprende que justamente mucha gente de aquí no parezca haberlo hecho y, en cambio, es conocido en todo el mundo.

Las mochilas son carísimas porque son de marcas buenas —que yo desconozco por completo, algunas me suenan a farmacéutica alemana—. Pero él se esfuerza tanto en encontrar la que cree que me irá mejor —incluso saca ropa del almacén y las rellena para que las note con peso— que cuando pago ciento treinta euros que no debería gastar, no me siento mal —solo noto un ligero cólico en el riñón—. Hago el traspaso de todo lo que llevo a mi nueva mochila y, para mi sorpresa, encuentro el diario en un bolsillo lateral, y entonces pego tal grito que casi mato de un infarto al pobre hombre. Ser tan caótica tiene sus ventajas, ya lo daba por perdido. Claro que, si hubiera sido más ordenada, probablemente no lo hubiera extraviado en primer lugar.

Al salir, cierra la tienda y yo dejo la mochila antigua al lado de un contenedor, aunque dudo que alguien la pueda aprovechar. Respiro: aprender a dejar ir. Mi mochila del instituto, *let it go*. El comerciante se ofrece a acompañarme a ver el convento de San Marcos antes de que deje la ciudad. Nos sentamos en las escaleras de una fuente, me cuenta un poco su historia y me invita a entrar para ver el vestíbulo. Ahora allí hay un hotel turístico de lujo, el tipo de alojamiento en los que no me hospedo, aunque alguna vez estaría bien hacerlo. Me imagino una cama mullida, con esos edredones que, no sé por qué, en los hoteles son como más esponjosos y te invitan a dormir, aunque los hayan usado centenares de desconocidos antes que tú. Le agradezco de todo corazón su amabilidad y nos despedimos antes de que yo emprenda el rumbo, que se está haciendo tarde y tengo que comer y encontrar alojamiento. Más gente amable. Si se pusieran a cantar, esto parecería una película de Disney. «Aquí tienes tu mochila, para siempre ya unidas, uoo uoo —coro de conejos sin sarna—, con ella andarás y mil aventuras vivirás, tú viviráss*s* —se unen al coro unos ratones con gorra y sudadera—, y siempre recuerda, si te sientes perdida, busca la segunda estrella a la derecha y todo recto hasta…». Mierda, y me voy a otra.

Una hora después maldigo mi poca astucia. En un día festivo debería haber comido en León, porque todo lo que encuentro a partir de allí son pequeños pueblos y zonas industriales, y está todo chapado. Y no hay ningún animal animado que me traiga un tentempié cantando. Al final encuentro un bar abierto, aunque con la cocina cerrada, pero con cada bebida te dan una tapa. Le ofrezco pagarle solo unas tapas, pero la chica es muy cuadriculada, así que me pido una infusión, un agua y un Aquarius, para comer un poco. Después me pongo en marcha con la barriga encharcada y la mochila nueva con más peso.

Aunque Michael esté muchos días por delante de mí, nos recomendó un albergue entre pueblos de por aquí, así que lo busco. Evidentemente, tiene una pequeña piscina desmontable. Está completamente aislado, al lado de la carretera, pero me quedo porque me da buen rollo, estoy exhausta e incluye la cena. No me baño en la piscina porque no me apetece. Pero hay una pérgola de cuyo centro salen hamacas en forma de flor, o de estrella, y eso sí que me llama. Así que me tumbo y escribo, balanceándome, en mi reencontrado diario. Maddie, la mujer sudafricana, me envía un mensaje preguntándome dónde estoy, y le mando la dirección. Al cabo de un rato aparece en el albergue y se instala en la litera de delante. Nos sentamos en el suelo de la habitación —por eso de no ponernos agachadas en la cama, y así evitamos que se nos enganche el pelo en la litera de arriba— y tenemos una conversación preciosa sobre nada en concreto. No había conocido a nadie de Sudáfrica. Me encanta hablar en profundidad con personas que no conocen nada de ti ni tú de ellas. No sé si todo el mundo cuenta la verdad ni tampoco me importa, pero las conversaciones son mucho más interesantes que hablar del trabajo o criticar nuestra política o equipo de fútbol. Me siento libre y más yo que nunca.

Por la noche ceno un menú muy muy básico —como el que te harías un miércoles, cansada, en casa—, que cocina la madre del hospitalero. Estoy sentada con dos hombres más, uno muy mayor y otro que no calla, y cuando tomamos el postre —tan simple como una manzana—, el hospitalero se nos une. Nos cuenta que ha comprado el albergue este año, que ni siquiera es de esta región. Su madre se ha venido con él y le echa una mano porque está jubilada; lleva tan solo dos semanas abierto. Entiendo entonces el menú y me parece muy entrañable, y también encuentro estimulantes estos cambios de vida en cualquier momento. Realmente te hacen pensar que nunca debes dar por sentada tu vida. Nunca.

Le prometemos que escribiremos buenas reseñas para que vengan más peregrinos, ya que hoy media habitación está sin ocupar. Después, el peregrino mayor, que tiene setenta y seis años y las manos curtidas, nos recomienda que nos agenciemos un palo, porque en unos días vendrán subidas, dice. Les cuento, intentando parecer una persona desapegada y natural, que perdí el mío, y el chico del albergue vuelve con tres bastones de trekking que otros peregrinos se han dejado —no sé si aposta—. Los pruebo como si fueran zapatos y ando por la sala recostándome en cada uno. El chico con verborrea de nacimiento los va comentando todos, aunque no parece ningún experto. Descartamos uno porque directamente no se abre, y otro porque pesa mucho. Le digo al hospitalero que no estoy segura de quedarme el último, pero insiste. Luego nos acostamos y el chico que no calla hace una llamada desde la cama, lo que me parece surrealista en una habitación con unas cinco personas más. Yo miro las fotos de todo el Camino, nostálgica —sí, ya nostálgica a pesar de estar aún aquí—, y cuando llego al vídeo de mis tres compañeros saltando por el sendero amarillo lo edito y le pongo la música de *El mago de Oz* encima, porque parece que vayan por la Yellow Brick Road. La letra dice algo así como «*We're off to see the Wizard, the wonderful wizard of Oz...*» y encaja a la perfección con los saltitos que van dando mis compañeros. Se lo mando al grupo de los mosqueteros y cierro el móvil.

Por la mañana veo las respuestas de mis amigos, con corazones amarillos y caritas sonrientes. Antes de salir dejo el bastón al lado de la puerta. Será para otro peregrino, pero no para mí. Aún no he completado el duelo y no soy de las de un clavo saca otro clavo. Eso me lleva a pensar en Nick. No sé si es un clavo, un martillo o un berbiquí, pero lo que está claro es que no saca otro clavo porque el agujero de mi ex ya debe de haberse regenerado solo después de tanto tiempo. Le mando una foto que me saqué ayer poniendo cara de santa junto al cartel de un pueblo que se llamaba La Virgen del Camino.

>Definitivamente, esa eres tú

Sonrío al recibir una respuesta tan inmediata y me envía una foto suya en un bar, sacándome la lengua y con la gorra, la misma que llevaba en el Camino, del revés. Hay un reducido grupo de personas en el mundo que pueden llevar una gorra a cualquier edad que les dé un aspecto informal sin parecer del todo Peter Panes, gilipollas o psicópatas. Nick es uno de ellos, por suerte.

>Disfruta de la noche, sigo caminando
>(y cantando sola)

Yo ahora ya iré para el hotel
(y durmiendo solo)

Aunque sonrío, no quiero que se sienta obligado a darme ningún tipo de explicación, no es que seamos nada ni... Uf, paso de este lugar mental en el que estaba a punto de meterme. *Not today. One step, two steps, beach, sun, watermelon.* Me repito mi mantra del Camino, de mi gurú Michael.

La etapa de hoy no es de las más bonitas, porque voy mucho rato al lado de la carretera y se hace pesada. Voy cantando y estoy bien —no paro de repetírmelo—, así que me digo que no echo de menos a Nick ni a los otros, que estoy contenta de andar sola, pero la verdad es que son muchas horas y yo un culo inquieto, así que a ratos me aburro un pelín. Aunque a menudo esto es un mecanismo para tapar otras cosas, ahora creo que solo es eso. El aburrimiento ha formado parte de mi ser desde siempre. Creo —sí, se viene otra de mis teorías— que, como humanos, todos tenemos ciertas emociones predominantes de base, pero con diferentes grados, y esa combinación única también nos hace ser quienes somos. Ni falta decir que los porcentajes se modifican dependiendo del contexto, pero yo hablo de lo que predomina en general, a pesar de las circunstancias. Por ejemplo, alguien puede tener un cuarenta por ciento de alegría, un diez por ciento de confianza, un quince por ciento de interés, un nueve por ciento de satisfacción, un seis por ciento de romance, un diez por ciento de excitación, y por debajo del cinco por ciento estarían las veintiuna emociones restantes —porque leí un artículo que afirmaba que son veintisiete las emociones que sentimos los humanos—. Esta persona, seguramente, sería bastante luminosa y enrollada. Extrovertida, confiada y segura, pues las consideradas emociones positivas se llevan los mayores porcentajes. Me gusta imaginármelo con colores: cada emoción, un color, y así rellenas la silueta de la persona. Ni falta hace decir que yo no soy la persona del ejemplo. Digamos que yo estaría rellena de tonos más oscuros, turbios y feúchos, de esos que no escogerías en una paleta de colores para dibujar, los que nunca se gastan en los estuches completos, como el color caca de oca. Pero estoy mejorando, espero poco a poco irme coloreando con turquesas y fucsias, para contrarrestar un poco. Tal vez ya esté más colorida. Sí, casi puedo notar un poco de color salmón en la nuca.

El caso es que el aburrimiento es para mí algo muy conocido. Me he aburrido muchos minutos a lo largo de mi vida; haciendo el cómputo global, imagino que serían días enteros, tal vez meses, aburrida. Me aburría en clase, en casa; me aburro con la mayoría de las personas y, por descontado y por encima de todo lo demás, me aburro muchísimo a mí misma —la vida me parece bastante larga para ser siempre la misma persona—. A veces pienso que por eso sufro el síndrome del enamoramiento con las amistades. Conocer gente nueva es estimulante y genera endorfinas, pero luego les empiezo a ver los defectos y pierdo el interés, lo que me hace odiarme a mí misma, pues soy plenamente consciente de que no soy más interesante que ninguno de ellos. Pero cuesta acallar el aburrimiento. Y no soy de las que se enganchan a trabajar solamente porque así no piensan en nada y el tiempo les pasa más rápido. Estas personas, alias *workaholics*, a menudo petan un día y no comprenden nada porque no han estado atentas a lo que llevaba años sucediéndoles por dentro. Yo aquí haciéndome la experta. Pero, mira, divagando sobre el aburrimiento lo he vencido y he avanzado unos kilómetros.

Llego a un pueblo con un puente medieval de piedra larguísimo sobre lo que debía de ser un río y ahora son campos bastante secos. Por fin. Adiós a mi soliloquio mental. Pregunto en tres albergues que están en la misma calle y no me acabo de decidir —rarísimo en mí—. Deambulo un rato y al final voy al que me apetecía desde el inicio.

Cuando me acompañan a la habitación, estoy contentísima con mi elección. Es un albergue absolutamente abarrotado de cuadros en todas las paredes. El hospitalero me cuenta que los han hecho los peregrinos, la mayoría en una tarde. Que si quiero me da un lienzo y pinturas. Les ahorro la desgracia, pero me fascina. Evidentemente el estilo es del todo ecléctico, pero muchos giran en torno a la idea del Camino: prados, botas, conchas, mochilas y palabras. Qué creativas que son algunas personas. Y qué idea tan bonita. Voy al supermercado y me compro un kilo de brócoli congelado aprovechando que este albergue sí tiene la cocina abierta, pues muchos aún la tienen cerrada con la excusa del covid; es decir; podemos dormir veinte personas en la misma habitación, pero no cocinar en la misma cocina. Claro que sí.

Mientras estoy en los fogones aparece Maddie y nos abrazamos por la casualidad, como si no nos hubiéramos visto esta misma mañana. Pero es agradable, porque nunca sabes si vas a ver a alguien de nuevo, en toda la vida —lo que se dice rápido—, así que, cuando pasa, te alegras. Además, mañana es su último día y me dice que tengo una energía preciosa, lo que me pone contenta como un canguro saltarín —aunque tampoco estoy segura de si están contentos cuando saltan. A mí los animales que saltan en general me parecen alegres, un hecho nada empírico—. Después de comer, guardo en la nevera el brócoli que me ha sobrado para cenar, salgo a comprarme unas infusiones digestivas y entonces recibo un mensaje de Kate.

Dónde estás?

Le mando la ubicación del súper, porque no tengo manos para escribir, y ella me envía la suya. Pego un grito de esos ridículos cuando veo su puntito azul a tan solo unos metros de mí. Pago rápido las infusiones a una niña de rasgos asiáticos que atiende la caja y salgo, y entonces, al otro lado del puente, la veo y me pongo a correr como una gacela, pero en chanclas y sin estilo. Por todo el puente, que es largo de cojones, voy tropezando con los adoquines. Estoy excitadísima, pero hay un resquicio de mi cerebro que llega a pensar qué absurdo si me rompo la pierna así. Pero no me rompo nada y nos fundimos en un abrazo digno de repatriados después de la guerra. Estoy eufórica. Y entonces veo detrás de ella a Francesca, y esta vez la saludo dignamente, no como en Burgos. Me dicen que han estado comiendo con Kalet hace un rato y alucino, pienso que parece *Friends: The Reunion*. Como si hubiéramos estado un tiempo esparcidos y ahora poco a poco nos encontrásemos de nuevo. Ojalá le vuelva a ver a él también. Me alegro de que tenga la rodilla mejor. La verdad es que después de que se fuera a Bilbao no esperaba encontrarle otra vez. Sorpresas te da la vida. Vamos hacia mi albergue, pero justo en ese momento el hospitalero está cobrando las últimas tres camas, así que las acompaño al que hay delante, donde la chica me mira como si le sonara; sí, señora, soy la que le ha preguntado esta mañana y luego le ha puesto los cuernos con el otro albergue.

Mientras se dan una ducha me tomo el brócoli de cena y entonces oigo en la recepción una voz francesa familiar. Bajo corriendo —otra vez en chanclas, hoy me la estoy jugando— y Kalet me abraza y me dice que no hay sitio. Lo sé. Le acompaño a otro albergue porque el de Kate también está a tope, y así es como acabamos todos desparramados por los diferentes alojamientos del pueblo, contribuyendo de esta manera al pequeño negocio local. Proponen ir a cenar los cuatro y yo maldigo el brócoli que está haciendo la digestión en mi interior; por un día que planifico y cocino… Voy con ellos a un restaurante enorme lleno de peregrinos y gente de la zona. Tiene buena pinta y una carta extensa, pero yo tengo la barriga llena de gases porque me he zampado un kilo de hortaliza brasicácea en un día. Kate y Francesca parece que lleven toda la vida juntas, la intensidad del Camino es muy curiosa, y si le sumas la intensidad de Kate por sí sola, la multiplica al cuadrado. Nos despedimos por la noche sin quedar para mañana, me estoy tomando en serio eso de fluir y desapegarme. Además, veo el enganche que tiene la pareja, con lo que solo deseo volver a coincidir con Kate en algún momento.

Una vez en la cama, configuro la alarma más tarde de lo habitual, porque me conviene descansar y porque el tramo planificado para el día siguiente es más corto; sí, estoy aprendiendo a organizarme.

Por la mañana, cuando salgo a la puerta, la casualidad, y nada más que la casualidad, hace que choque con Kalet, así que nos ponemos a andar juntos. Cómo puedo tener conversaciones fluidas e interesantes con tantas personas nuevas aquí es algo que no logro comprender. Kalet me comenta que el Camino es el inicio de dos años en los que hará lo que le plazca. Que no tiene ni idea de sus planes, que va sobre la marcha, pero que cree que se irá a Sudamérica y tal vez luego trabajará un poco en Canadá para ganar dinero antes de volver al sur. Dice que dejó la hamaca en Bilbao porque pesaba mucho y me cuenta que él tenía la idea de hacer el Camino en bicicleta, pero se lo repensó y la dejó en una iglesia en una población francesa. Que el cura le dijo que se la guardaba para cuando volviera algún día. Así de fácil. Estoy conociendo tantas maneras de vivir que hacen que me replantee seriamente la mía.

A medio camino, en medio de la nada, hay algo rarísimo: una especie de templo derruido, sin techos, donde alguien ha puesto una mesa redonda repleta de manjares. Hay varios peregrinos descansando y comiendo. No dudamos en deshacernos de la mochila, dejar un donativo y comer. Hay fruta cortada, frutos secos con cáscara, panes, mermeladas, leches vegetales, queso, chocolate. Un exprimidor con limones y naranjas al lado. Mejor que un bufet de hotel. Kalet toma una avellana con cáscara y luego la vuelve a dejar. Lo miro, cojo una piedra mediana del suelo, la estampo contra la avellana y se la entrego pelada. Ríe y me dice que soy una *petit sauvage*, lo que me parece absurdo viniendo de él, que es tal vez la persona más aventurera que he conocido jamás; yo tan solo he aplicado la lógica. Al verme, hay otros peregrinos que se acercan tímidamente a los frutos secos. Casco unas cuantas avellanas y nueces, y las dejo por ahí. Entro al patio interior de la deconstrucción: hay un colchón y hamacas. Un chico de pelo largo y mirada calmada está en un lateral escribiendo. Le doy las gracias. Es catalán, decidió huir de la civilización y los estigmas sociales. Vive aquí, escribe y prepara estos manjares para los peregrinos. Y ya. No sabe en qué día de la semana vive ni falta que le hace. Dice que nos podemos quedar si queremos, que el lugar está abierto a todo el mundo. Se lo agradezco, pero tan solo llevamos diez kilómetros. Se encoge de hombros, tal vez sin entender esta obsesión por caminar tanto, por cumplir objetivos. Pienso que podríamos parar, pero la verdad es que no me apetece; no son ni las once y tengo ganas de seguir andando. Y, por muy asalvajada que me vean pelando avellanas, lo de dormir a la intemperie no es mi sueño. Kalet me pregunta si seguimos y me gusta que cuente conmigo.

Llegamos a Astorga y hacemos cola en el albergue municipal. Es verdad que cada vez está todo más a rebosar. Me toca una habitación minúscula con Kalet y dos chicos andaluces que estaban haciendo el Camino de la Plata, el que sale de Sevilla. Ahora los Caminos ya empiezan a converger, por eso también hay más gente. Les pregunto si roncan y se ríen; Kalet dice «sí, yo sí», todo ufano, y uno de los otros me dice que su compañero ronca como un camión. Pues vaya noche me espera. Subimos a la cocina a prepararnos algo de comer y encontramos un grupo de jóvenes de todas partes que nos invitan a comer con ellos porque les han sobrado ensalada y pasta. A Kalet ya lo conocen —es de esos populares, vaya donde vaya—, y yo saludo a dos hermanas con las que cené el día que había perdido el diario y todo me parecía una mierda. Con una hora tengo suficiente para comprobar que no quiero seguir con este grupo, aunque sean majos. Se han dedicado a tirarse alcohol y nata en la boca los unos a los otros y a grabarse. Parecen de una fraternidad norteamericana, con sus pruebas estúpidas. Recuerdo esa sensación de cuando era adolescente y no quería serlo porque los otros me parecían orangutanes descerebrados; un símil injusto, que los orangutanes son muy listos.

Le digo a Kalet que salgo a dar una vuelta mientras noto algunos ojos puestos en nosotros. Me dice que viene conmigo. Me extraña porque él sí parecía estar a gusto. Se lo digo y ríe. Son divertidos pero muy pesados, y tú eres mucho más interesante. Cultivo mis arrugas de la sonrisa. Dice que uno le ha preguntado si estábamos juntos, que le parecía guapa; joder, que a saco va la peña. Le ha dicho que no porque yo estoy *in love* con el inglés. Lo miro boquiabierta y me dice que es algo sabido en el Camino, que incluso hay un grupo de WhatsApp donde se ha comentado el romance. Yo alucino. Sobre todo porque cuando conocí a Kalet no había pasado nada. Dice que saltaban chispas.

Que un día él estaba sentado descansando a un lado con una chica y nosotros pasamos andando y que parecía que estuviéramos dentro de una esfera, dice que Nick no me quitaba los ojos de encima y que a la chica le dio rabia porque le encantaba. Nosotros ni los vimos. Ella le preguntó si estábamos juntos y Kalet le dijo que creía que no. Que AÚN no. Me flipa que todo el mundo lo viera venir antes que yo. Le confieso que no sabía que Nick era conocido, y que eso no me gusta, pero que no es justo para él. Me sorprendo porque es la primera vez que lo verbalizo, y me hace sentir aliviada y mal a partes iguales. Dice que qué suerte tiene Nick y seguimos andando.

Tenemos una tarde por delante, así que buscamos una lista de las diez cosas que ver en Astorga y la cumplimos casi toda, yendo arriba y abajo entre risas. Vamos a la catedral, rodeamos el palacio de Gaudí, que parece sacado de Disney, y andamos hasta el Museo del Chocolate, pero nos quedamos en la puerta porque no parece una gran visita. Kalet se compra unos dulces típicos y nos encontramos con Kate y Francesca por la calle. Quedamos para cenar las tres, porque Kalet tiene una cena de cumpleaños con los orangutanes. Nos despedimos de la pareja y nosotros seguimos nuestro rumbo. Kalet y yo parecemos hermanos. De hecho, él empieza a llamarme *mummy* cariñosamente. Vamos al supermercado y, por el pasillo, un hombre de unos sesenta años y sonrisa traviesa llama a Kalet y los dos empiezan a gritar el nombre del otro medio bailando en la sección de congelados. Se presenta como Rinaldo y, al decirle mi nombre, lo canta tres veces: Joanaa, Joanaaaa, Joanaaaaa. Me hace reír, a la vez que preocuparme por los clientes y los trabajadores del súper. Los dejo charlando mientras voy a por unas barritas energéticas y un plátano. A la salida, Kalet dice que me ha comprado una sorpresa y saca una especie de Kinder Bueno sin gluten, pero lleva leche, así que no puedo aceptarlo. Pone morritos y me siento fatal y una aguafiestas, pero emocionada por el detalle. Se lo come él en dos bocados. Nos despedimos y le digo que controle la hora a la que cierran las puertas. «*Yes, mummy*».

Volviendo al albergue, Maddie me manda un mensaje diciendo que le gustaría pasarse a despedirse de mí. La espero y me encanta el detalle —otro detalle más: si es que estoy que no quepo en mí—. Nos deseamos buen Camino y buena vida. Sin promesas absurdas de volver a encontrarnos en un futuro, sin expectativas; agradecidas y punto.

Voy a cenar con Kate y su lo-que-sea y me invitan a un restaurante de verdad. Me pido paella y Kate se troncha de risa porque llevo todo el Camino diciéndoles que no se pidan paellas, que lo de aquí no son paellas, sino arroz amarillo. Pero me apetece, así que le pregunto a la camarera insistentemente por la tonalidad del arroz y ella no entiende nada, pero dice que está buena y que no es precongelada. Solo faltaría. Me arriesgo porque últimamente estoy de un temerario…

No está mal, pero nada que ver con las paellas que cocina mi tía Cris. Al menos no era amarillo chillón. Kate y yo parecemos dos viejas amigas, no callamos, y Francesca ríe. Incluso me da la impresión de que nos hemos hecho mayores. La veo distinta al lado de Francesca, como un poco menos aventurera, pero pienso que tal vez simplemente ha bajado las defensas y eso le sienta bien, así que me alegro por ella.

¿Es esto lo que nos pasa con el amor, que bajamos las defensas? ¿De ahí salen todas las cursilerías y locuras que hacemos cuando estamos enamorados? Echo un poquitín de menos a Nick. Pero no le necesito, soy fuerte y aventurera y estoy feliz. El subidón que llevo dentro tendría que comercializarse.

Vuelvo al albergue y los andaluces me saludan —como a César los que iban a morir—. El roncador me pide disculpas de antemano y al cabo de cinco minutos empieza el concierto. Su compañero y yo comenzamos a reírnos y hacer ruiditos como para calmar a un caballo. Cuando empiezo a conciliar el sueño entra Kalet hablando a voz en grito y, entre el andaluz que no tiene ni papa de inglés y Kalet que va del revés, se genera una conversación absurda que me hace descojonarme. Le intentamos calmar y él se sienta en mi cama y me dice que soy la hostia en vinagre. Se empieza a despelotar y yo le obligo a parar —justo a tiempo—, a beber agua y luego a subir a su cama. Se tumba y sigue hablando solo. Cuando parece que estamos todos dormidos, suelta: «Joana, ¡¿qué tal tu cena?!». Y yo: «Kalet, a dormir». Y él: «Vale, *mummy*». Y en dos segundos está roncando.

Toc, toc. Abro los ojos y Kalet me despierta: «Venga, dormilona». Son las cuatro y media y este chico está fresco como una rosa. Esperaba levantarme yo antes y dejarle con una resaca del mil, y ahora está vistiéndose y ofreciéndome el desayuno. Ayer en el súper también compró sardinas para los dos, así que nos sentamos en la cocina a desayunar con los más madrugones. Aunque sardinas y cuatro de la mañana son conceptos que no deberían mezclarse, como el aceite y el agua.

Vuelve el paisaje más boscoso y lo agradezco. Kalet me cuenta un montón de cosas, entre ellas de la Bretaña y de su vida allí. Trabajaba con maquinaria de fábricas y se ganaba muy bien la vida; ahorró, se compró dos casas —allí las dos no cuestan ni lo que sería un minipiso en Barcelona— y las tiene alquiladas. Veo que es mucho más previsor y responsable de lo que había prejuzgado. Bueno, responsable a medias, pero no hace las grandes cosas a tontas y a locas.

El paisaje es bonito y en pendiente. Le saco retratos en blanco y negro a mi compañero y más tarde fotografías de espaldas mientras camina. Cuando llegamos al pueblo en lo alto de la montaña parece que de repente estemos en los Pirineos. Nos encontramos a los andaluces, que no sé en qué momento nos han adelantado. Oigo gritos con mi nombre y veo a Rinaldo comiendo en un restaurante mientras hace aspavientos saludándonos. Me río. «¿Siempre es así?». Kalet se lo piensa. «Más o menos». Me dice que en realidad se llama Renaud, pero como es difícil de pronunciar se presenta con la versión española.

Kalet quiere continuar para ir a no sé qué albergue que le han recomendado y yo me quedaré aquí, pues la subida de hoy ha sido potente, de manera que nos despedimos. Voy a los cuatro albergues del pueblo y están a tope, así que antes de decidirme a seguir para ver si pillo a mi compañero entro en el único que me falta. Y sí, les queda una cama e incluye la cena en común. Fantástico. Salgo un rato a pasear por la montaña —por si no había tenido suficiente— y hago una videollamada con Nick. Aunque estemos a mundos de distancia, aún parecemos tener conversación, lo que es bastante gratificante. Cuando cuelgo estoy tranquila, porque siento que no le necesito. Me gusta compartir cosas con él, pero mis obsesiones y dudas las crea mi mente cuando no hablamos, es decir, cuando yo sola me ofusco con ideas irreales. Está bien saberlo, aunque soy consciente de que probablemente lo voy a volver a olvidar.

Me pregunto cuánto se tarda en interiorizar una cara, una voz. Si cierro los ojos, aún no puedo retratarlo mentalmente, con lo que cada vez que hablamos vuelvo a conectarme con quien es en realidad, y no con mi fantasía de él.

De vuelta al albergue salgo a un cobertizo, donde hay un burro bastante sucio, con la cola llena de rastas, que me ignora por completo, y escribo un rato. No me creo todo lo que he ganado en unos días. Me siento tan diferente de hace un mes... Tan tranquila, con muchas menos manías, más sociable. Más fácil. Estoy tan agradecida de saber que yo también puedo estar bien, que yo también puedo ser esta persona... Estoy segura de que mis colores ahora son mucho más vivos. Y si no, los pinto.

Ceno en una mesa con tres brasileños bastante mayores: un sacerdote, su hermano y uno que los acompaña. Hablan mucho y yo muy poco, pero al final apuntan lo que más temía, me preguntan por mi fe y yo, aunque por dentro me voy diciendo que mejor me callo, les digo que no soy religiosa, que simplemente creo en intentar hacerlo lo mejor posible, pero que no me caso con ninguna creencia ni religión, ni con nada; yo no me caso. El sacerdote asiente serio, su hermano ríe y el otro pone mala cara, aunque parece que su rictus natural es bastante así. Me voy a dormir y río sola al recordar la cena surrealista. Yo cenando con toda la clerecía. Lo que no pase aquí... Es un micromundo salpicado de todos los otros.

Joder, qué frío. Miro la temperatura en el móvil y veo que estamos a dos grados. De verdad, espero no morir congelada, sería una pena ahora que he redescubierto la vida. Pero me animo sola, pido una infusión —no volveré a cometer ese error—, la meto en la cantimplora y salgo dentro del chubasquero, como un fantasma, bien preparada. Hoy pasaré por la Cruz de Ferro, de la que todos hablan. He oído que la gente lleva piedras desde su casa para dejarlas ahí, pero como yo no lo sabía me han recomendado coger una, así que por el camino recojo tres que me llaman la atención —lo que resulta fácil cuando justamente estás focalizada en que te llamen la atención. Si quieres que te toque la lotería y vas a buscar un número, todos parecerán mágicos, dignos de hacerte millonaria; hasta el día del sorteo, claro—. Cuando estoy llegando, amanece y se ven varios peregrinos alrededor y algunos sobre un montículo de piedras que abraza un palo muy largo que culmina en una pequeña cruz arriba: la Cruz de Ferro. Me estremezco. Todo el mundo permanece en silencio, así que subo entre las pequeñas piedras, algunas firmadas, además de alguna foto y algún recordatorio. Quiero dejar una piedra para cada uno de mis padres y otra para mí, pero no me parece justo pedir algo por ellos porque siempre será lo que yo crea que es mejor para ellos, que tal vez no lo que quieren. Así que llamo a mi madre y le pido que piense un deseo ahora mismo y, cuando me dice que lo tiene, dejo una piedra para ella. Hago lo mismo con mi padre, que parece contento con mis llamadas matutinas, y luego pienso el mío, pero no se me ocurre nada, como cuando tengo que soplar las velas en mi cumpleaños y no sé decidirme por el mejor deseo. De pequeña solía desear tener mil deseos más para no sentir que aquel era tan crucial. En esta ocasión pido no volver a estar deprimida. Y dejo una piedra plana. La verdad es que con eso me vale. Me doy cuenta de lo que me ha llegado a afectar, no he sido consciente del monstruo despiadado que es hasta que no he salido de ella. Porque creo que lo he hecho, aunque sé que no es una puerta que, tras cerrarse, no vaya a abrirse nunca más. Pero de momento estoy aprovechando para volver a sentirme viva sin ese dolor constante y oscuro. Después abro la mochila y saco la piedra que me dio Nick antes de irse. Le mando una foto con la suya al lado de la mía, aunque él no sepa que están de costado.

Muchas gracias, era importante para mí

Bajo de la cruz y, antes de seguir, hago tres fotos desde diferentes ángulos.

No tengo ni idea si se tenían que pedir deseos o agradecer al Camino, o qué es lo que cada uno hace, pero creo que en realidad da un poco igual. Recibo un mensaje de Kalet con una ubicación; dice que me está esperando en el mejor hostal del mundo. Sonrío. Cuando llego ahí lo encuentro como un marqués, tomando un café en la terraza. Y me ha preparado una infusión.

—Oh, Joana, lo que te perdiste. Jacuzzi a la luz de la luna. Un bufet de desayuno y una habitación vacía; menos mal, porque no he dormido solo.

Y se ríe. No puede parar de ligar, va en sus genes.

—Pues me alegro de no haber estado; si no, me habría cargado la noche romántica.

—Nah, tú siempre mejor.

Cómo sabe el tío.

Estoy contenta. Ha preferido esperarme y pasear juntos. Dice que quería seguir, pero que le gusta mucho andar conmigo. Me pregunta qué tal en la cruz, «¿a que es mágica?». Yo le enseño las fotos porque era preciosa con el amanecer, y entonces nos fijamos en una pequeña elipse verde fluorescente que se mueve de una foto a otra. Alucinamos y, aunque seguro que es un efecto de la luz o un fallo de la cámara, mola más discutir sobre si es un alien o los deseos que he pedido. Para darle así un toque más místico.

Hoy toca el descenso de la montaña y se nota mucho más el esfuerzo que en la subida. Creo que es la primera vez que siento que mis piernas se están poniendo fuertes. Al atravesar un pequeño pueblo dormido encontramos una furgoneta vegana y, aunque no tengamos hambre, paramos, porque tiene mucho rollo en medio de ese pueblecito y porque las oportunidades se cogen o se dejan, y no seremos los que pasan de largo con el nivel de purpurina que llevamos dentro. Hablamos con una chica italiana —que estaba con el grupo de los simios, pero aquí parece muy maja— y con el encargado de la *foodtruck*, un joven de rastas guapísimo. O a lo mejor es que aquí todo el mundo me parece guapo. Continuamos con Kalet, y puedo ver lo que los otros ojos piensan, que somos un rollito del Camino, supongo que como cuando iba con Nick. Pero la verdad es que me da absolutamente igual. Además, mi compañero no parece preocupado por perder un posible ligue, porque creo que es de esos agraciados con el gen del encanto natural, por lo que le deben sobrar las oportunidades. Me encanta que nos entendamos con alguien tan distinto, me recuerda a las pelis norteamericanas donde el chico popular se enamora perdidamente de una friki, tímida y estudiosa —aunque nunca son del montón, siempre son lo más en lo suyo: él, el capitán de un equipo deportivo, y ella, la deletreadora más veloz del Oeste—. Tenemos que ir modificando los clichés. De hecho, puede que ya lo estemos haciendo. Gente *random*, del medio, del montón, los frikis: ahora están de moda. En cualquier caso, el amor —en cualquiera de sus formas— no tiene barreras. Olé el *happy flower mood*. Estoy que lo peto de unicornios.

En el siguiente pueblo volvemos a parar, porque hay un río precioso. Voy a mojarme los pies mientras mi compañero se echa una pequeña siesta encima de la mochila. Esto sí que es vida. Qué privilegiados somos. Detrás tenemos un restaurante muy pijo y entramos a comprar agua, y entonces me siento como una vagabunda a sus ojos, pero me importa un comino, y un calabacín, y una coliflor.

Antes de llegar a Ponferrada, sentados en el margen del camino a la sombra de un árbol solitario, mientras mordisqueamos dos plátanos, le enseño todas las firmas que he recopilado en el interior de la concha, y entre los dos tenemos una iluminación: que los peregrinos que nos vayamos encontrando resuman su Camino en una palabra. Y la escribirán en la parte exterior de la concha. Son esos momentos de subidón en que se va construyendo una idea con alguien, cuando os vais acabando las frases el uno al otro y el tono de voz cada vez es más alto por la excitación. Pasa una chica francesa y se lo explicamos y le encanta la idea, así que los tres escribimos las primeras: FREE - PATIENCE - FEELING.

Llegamos al albergue municipal, que parece un campamento militar. Centenares de literas separadas por menos de un metro. Definitivamente, no me gustan las grandes ciudades. ¿Dónde quedan los albergues con encanto donde cenas con el hospitalero, que te cuenta su historia o te deja pintar un lienzo? Nos duchamos y ponemos una lavadora juntando nuestras ropas. Después salimos al patio, donde Rinaldo nos llama —fuerte, a su manera—. Nos sentamos bajo una parra con un grupo, franceses la mayoría, y entonces les pregunto si la uva está buena. Nadie lo sabe, así que voy a preguntar a un voluntario si puedo coger unas cuantas; ríe y dice que si llego es toda mía. No veo el problema, me subo a una mesa y empiezo a recoger racimos bajo la mirada de varios peregrinos. No entiendo que nadie lo haya hecho antes. Bajo y la reparto, aunque está bastante ácida. Pero voy como loca buscando fruta y verdura que no sean plátanos, ya empieza a costarme ir al baño. De repente entran unos niños que se tiran encima de Kalet. Llevan el pelo larguísimo, van descalzos y saludan a todo el mundo; bueno, a todo el mundo no, tan solo a los franceses, pero estos abundan. Son de una pareja que entra después y que se aloja en la misma habitación que nosotros; viajan en bici con sus tres hijos y un perro, y me recuerdan a los protas de la peli *Captain Fantastic*. Llevan muchos días y kilómetros, a pesar de que el más pequeño no debe de tener ni seis años. Menuda aventura, pienso. No me veo haciendo esto de pequeña con mi familia, pero me parece un planazo y un pedazo de aprendizaje.

Kalet dice que se va a tomar algo y a unos conciertos con el grupo de primates que nos vamos encontrando en todas partes; tengo que reconocer que por separado son más interesantes que a primera vista en conjunto. Pero no me apetece nada su plan de cada noche; de hecho, no sé cómo aguantan ese ritmo, salen, beben y, aun así, llegan cada día antes que yo a los albergues. Tienen veinte años, vale, pero, oye, ni que yo tuviera cincuenta. Voy a tender la ropa y en un acto egoísta solo cuelgo la mía, a modo de lección moral absurda para mi compañero, que se ha ido de fiesta tan campante. Al volver del tendedero veo un chico tumbado en la hierba llorando y hablando por teléfono en lo que parece árabe; mi instinto me dice que me quede y le pregunte si necesita algo, pero al cabo de un rato pienso que tal vez lo que le hace falta es lo que ya está pasando: aprender. Yo también aprendo. A no meterme en todas partes cuando veo a alguien pasándolo mal. No puedo evitar el sufrimiento de todos los seres, a menudo ni siquiera el mío, y además muchísimas veces es necesario para evolucionar y estar mejor. Así que chitón.

Salgo a comprar el desayuno para Kalet y para mí —¿para compensar que no le he tendido la ropa? ¿Remordimientos, Joana? Tal vez—. De vuelta encuentro un restaurante vegano con muchas opciones que puedo comer; entro y me siento como una niña delante de una piñata e intento escoger lo que más me apetece. A mi lado se sienta una pareja de esas que parecen estupendas: guapos, interesantes, conscientes y ricos —porque eso se huele—. Y yo estoy comiendo sola y con pintas de pordiosera, pero estoy feliz como una perdiz y por primera vez no me avergüenzo lo más mínimo de estar en un restaurante comiendo sola. De postre me tomo un arroz con leche sin leche, que rebaño con la cuchara hasta que no queda ni un granito. De pequeña, mi madre preparaba un arroz con leche que repartía en boles con canela por encima en la nevera y que siempre se acababa demasiado rápido. Justo al pensar eso, recibo un mensaje precioso de mi progenitora diciéndome que mi Camino la está inspirando a ella también, que ha pensado en muchas cosas de su vida y que ha estado dibujando, algo que llevaba mucho tiempo sin hacer. Que el efecto Camino se expanda ya me parece algo que roza lo utópico.

La noche es lo esperable de una noche compartiendo habitación con centenares de personas distintas —obviamente, son distintas porque no somos clones—, así que me levanto con el agotamiento típico de cuando tu cuerpo no descansa. Ayer, justo antes del cierre del albergue, Kalet pasó volando a recoger sus cosas y se fue a saber dónde. Aunque, antes de salir escopeteado, dijo que me había dejado unos *leggings* en la lavadora y que estaban tendidos en la tercera cuerda, para que no me los dejara. Bum, la lección dio la vuelta y me abofeteó en toda la cara.

Así que emprendo el día sola. Ando en silencio. Las horas circulan y ya forman parte del pasado que piso. Me duelen las piernas y voy parando constantemente. En un momento dado me doy cuenta de que me he quedado dormida sentada en un banco. Hoy se está haciendo difícil y vuelve a apretar muchísimo el calor. Tengo ganas de que me dé una pataleta y que alguien —pongamos que Superman— me lleve al albergue volando. Pienso en lo que decía Michael y le pido al Camino que me traiga a algún amigo, porque no me veo con fuerzas de seguir sola. Al cabo de unos minutos me saluda Matteo, el italiano sin pelo. No me lo puedo creer, pero gracias. Me ve hecha mierda, así que me ofrece chocolate, me ayuda a levantarme y empezamos a andar. Va hablando él todo el rato porque yo parezco un títere sin titiritero, y se lo agradezco; el simple hecho de sacar palabras de mi cuerpo me agota, como si estuviera bajo mínimos. Cuando llegamos al pueblo, absolutamente achicharrados y deshidratados, vamos directos a un bar porque no encontramos el albergue. Puedo notar cómo la bebida va subiéndome la energía con cada trago. Me repito que tengo que beber más; parece algo básico, de manual, pero cada día me olvido de hidratarme. Después, ya con la serenidad que da no estar a punto de morir de agotamiento y de sed, vamos al albergue municipal, que está por donde ya hemos pasado, aunque escondido debajo del Camino, como en un valle, por eso ni lo hemos visto —ha ayudado lo de estar medio moribundos—. Justo cuando estamos en la cola para fichar me llama Kalet.

—¿Dónde estás, *mummy*?
—Pues en Villafranca del Bierzo, en el municipal.
—No...

Y entonces grita mi nombre por el teléfono y casi me revienta el tímpano.

—Gírate. Gírate. No, ¡arriba!

Miro hacia allí y la veo hacer aspavientos. Anda ya. Qué posibilidad había de que en el mismo instante de llamarme estuviéramos en el mismo sitio. Esto empieza a dar miedo. Baja corriendo, nos abrazamos y no sé quién huele peor. Dice que él seguirá y que ahora sí que va a adelantar mucho y no cree que nos volvamos a ver, pero quería despedirse —sospecho que huye de alguna chica que debe de estar apretándole mucho, y él... él es un alma libre—. Le pido dos minutos para pagar y dejar las cosas, y cuando bajo le encuentro hablando con dos italianos, uno de los cuales le dije ayer que me parecía atractivo. Espero que no diga nada. Nos presenta y provoca que nos demos dos besos mientras me mira divertido, y luego nos vamos él y yo a comer al mismo bar donde acabo de tomar un refresco. Bromea sobre el italiano, pero yo le digo que no sé hacer lo mismo que él, que yo con Nick en la cabeza ya tengo de sobra. Se ríe, pero dice que es una pena, pues varias personas le han preguntado por mí. Me sorprende y no sé si le acabo de creer, pero me sube un poco la moral, siempre es agradable sentir que te ven y que despiertas un mínimo interés. Dice que soy una chica bonita, pero de las de casarte, no de un rollo de una noche. Lo acepto porque sé que lo dice como un cumplido, pero reímos después de que le cuente que, cuando era más joven, era la excusa magna de los chicos decirme que ojalá nos volviéramos a encontrar a los treinta, que yo era una chica de esas de las que te enamoras para toda la vida y que, mírame, ¿dónde están todos esos ahora que estoy en plena treintena? ¿Eh? A freír espárragos, hombre. Ríe y dice que a lo mejor la vida que pienso que quiero no es la que realmente quiero. Me guardo la reflexión para luego.

Nos damos un abrazo eterno. Sí, me pasa fugazmente por la cabeza que no sé cómo hubiera sido esta amistad si Nick no hubiera existido. Y estoy muy agradecida porque así ha sido mejor, y más duradera, me atrevo a aventurar. Kalet me da un beso en la mejilla y siento un pequeño vacío cuando se va. La mujer del bar me dice que se ha dejado la cantimplora y sale disparada para intentar atraparlo. La de cosas que ha perdido este chico durante el Camino, él sí que es desapegado.

Volviendo para el albergue, Kate me escribe que está en el municipal, así que nos reencontramos. Esto es un no parar: estoy casi estresada de socializar. Francesca ha vuelto a Italia, con lo que se siente un poco de bajón, o sea que me alegro de estar hoy aquí. Si es que eso ayuda en algo.

Con Kate se tarda mucho más caminando. Con los chicos he estado todos los días a la hora de comer en los pueblos y con ella acostumbramos a llegar a media tarde. Hoy toca O Cebreiro y ya nos han mentalizado de que es una de las etapas más duras, pero es que no se acaba nunca. Eso sí, el paisaje montañoso es espectacular. Miro varias veces atrás, como me enseñó Nick, y, cuando estoy cansada, canto el lema que se inventó Michael: «*Beach-sun-watermelon*». Por el camino vemos, en uno de los típicos carteles con la concha y la flecha amarilla, que alguien ha añadido en rotulador DOING THIS ON YOUR PERIOD? YOU ROCK, WARRIOR! Sonreímos.

—¿Tú no te sientes más valiente?

Reflexiono un momento ante la pregunta de Kate.

—Mmm… Sí, en parte sí, pero no por estar haciendo el Camino, eso lo puede lograr cualquiera. Supongo que más bien porque es un tiempo en que eres tú misma. Y no siempre sabemos ser nosotras mismas o nos atrevemos a serlo. No sé si me explico.

—Sí, sí.

—¿A ti te pasa que a veces no haces lo que realmente te gustaría porque te sientes culpable? Como si te fueran a poner mala nota por llevar la vida que quieres y no la que se supone que deberías llevar... Y que nadie sabe cuál es o quién lo supone.

—Llevo sintiéndome así más o menos desde los doce años.

Reímos y andamos un rato en silencio.

—Ojalá pudiéramos quedarnos para siempre aquí. En este estado.

—El reto será volver y que la corriente no nos arrastre otra vez.

—O que nos arrastre pero que tengamos barca.

Empezamos a hacer como si estuviéramos remando: derecha, izquierda, derecha, izquierda. Pasa una pareja de peregrinos y nos miran sonriendo.

Cuando falta poco para llegar nos encontramos ante unas vistas montañosas espectaculares y decidimos parar y hacernos fotos cual adolescentes. No sé en qué momento, con lo cansadas que estamos, se nos ocurre querer hacer la típica foto saltando a la vez, a lo *High School Musical*, pero parecemos lerdas, porque pongo el temporizador y no paramos de dar minisaltos porque no sabemos cuándo dispara. Se nota el esfuerzo en las piernas: no logramos saltar muy arriba. Y nos da un ataque de risa porque estábamos muy al borde del acantilado y menudo ridículo morir así en el Camino, dando saltitos. ¿Te imaginas que de repente no ves a tu compañera y resulta que se ha despeñado? Y venga a reír. El cansancio es lo que tiene. Llega un chico —otro chico guapo, es alucinante— y se alegra de no ser el último, y nos pregunta si le podemos sacar una foto. Se abraza a su mochila de espaldas, con los pies colgando de la montaña, y pienso que su foto es mucho mejor que las de nuestros saltitos, en las que, además, parecemos paticortas, por el ángulo. Andamos un rato con él, pero al final también nos adelanta y Kate y yo empezamos a hablar —bajo los efectos de esa droga que es el cansancio— de lo radiante que nos parece todo el mundo aquí. *Shiny people*. Gente radiante. Dice que nosotras también, que también estamos radiantes. Y así, con un buen chute de autoestima, llegamos a O Cebreiro hacia las siete de la tarde. Al entrar hay peregrinos descansando en el césped que nos empiezan a aplaudir como si hubiéramos hecho la Titan Desert. Entre ellos, uno que grita fuerte mi nombre: obviamente, es Rinaldo. Parecemos el último niño que llega a la meta en una carrera infantil, con todos los padres animando porque lo importante es participar. Pero ha merecido la pena. Algunos rostros ya me son familiares y se ve que yo también lo soy. Ya soy una de estas caminantes de las que llevan desde el principio, como si tuviéramos un pedigrí —vale, sí, lo sé, me salté la primera etapa, qué pesados—. Alrededor de una pequeña iglesia se amontonan velas y peregrinos aguardando a una ceremonia especial que yo no tengo energía para esperar, así que nos indican dónde está el albergue municipal.

Uau, está en la cumbre y tiene unas vistas espectaculares. Tomo una foto desde la cristalera, con el zapatero a rebosar de zapatillas y botas sucias y, por detrás, las montañas. Me cruzo con unos franceses del grupo de jóvenes que nos animan y uno me dice que algún día quiere caminar conmigo porque no entiende cómo lo hago para ir tan lenta. No sé si reír o pegarle una hostia, pero lo ha soltado de manera simpática. Luego le digo a Kate que me gustaría hablar con esos chicos, pues me siento imbécil por haberlos prejuzgado y no me gusta eso de mí. Después vamos a cenar sin haber comido y Kate pegada al teléfono, rayadísima, hablando con Francesca. A media cena veo a través de la ventana una puesta de sol espectacular y salgo del restaurante a contemplarla mejor. Total, mi compañera estaba absolutamente anonadada con la pantalla del teléfono, a pesar de que hace tan solo unas horas hemos llegado a la conclusión que el móvil es como una droga que han conseguido que todos llevemos libremente a todas horas en el bolsillo, aunque nos sienta fatal.

Me flipan los colores. Hay algunos asiáticos tomando fotos y un matrimonio mayor abrazado disfrutando del espectáculo natural. La vida.

Al entrar en la habitación reconozco muchísimas caras. Hola, *hello*, *bonne nuit*. Pienso que es increíble la facilidad con la que me duermo en habitaciones compartidas cuando en casa, sola, me cuesta horrores y me despierta cualquier ruido. Pienso poco más porque ya estoy dormida.

Nos levantamos muy temprano, por eso de intentar llegar a una hora razonable y encontrar alojamiento. Ya llevan días avisándonos de que cuanto más cerca de Santiago, más peregrinos hay. Se ve que hay muchísimos —sobre todo españoles— que solo hacen unos días del final, los suficientes para conseguir la Compostela. A la salida del albergue nos encontramos, bajo las estrellas que brillan con fuerza, con los tres franceses jóvenes, y uno se alegra porque es el que me dijo que quería comprobar por qué siempre llegábamos tan tarde. Y yo también me alegro —todos bien alegres—, porque justo ayer le comenté a Kate que quería conocerlos. Estoy empezando a dar por normales estas coincidencias. Ella me hace una señal con la mirada porque también se acuerda y me anima a hablar con ellos. Ella, lo que resulta raro, permanece callada.

A veces, cuando conoces a alguien dentro de un grupo, le atribuyes, inconscientemente, una serie de características comunes con el resto. En este caso tienen poco que ver los unos con los otros, aunque todos nacieron en la Bretaña y se conocen desde pequeños —sí, no sé qué les dan en la Bretaña para que vengan a hacer el Camino, y eso que todos parecen enamorados de su región—. Hay uno que dice que no tiene hogar, que va viviendo aquí y allá, y, cuando le comento que vivo en Barcelona, le falta tiempo para insinuar que podría invitarle, pero su amigo me frena rápido advirtiéndome de que él le invitó un finde a su casa y estuvo instalado cuatro meses. Así que le digo que mejor que no, riendo. Hay otro que está ofuscado porque dice que todos encuentran un *amourette* en el Camino y que él, que está tan predispuesto, nada de nada. Sé que se refiere a un pequeño romance, porque Kalet todo el rato decía que quería uno como el de Nick y yo. Me da pena y a la vez lo encuentro entrañable, porque lo dice entre dulce e inocente; conozco esa sensación de cuando buscas y no encuentras. Pero es verdad que desprenden tanta sensación de estar intentando ligar todo el rato que yo pasaría olímpicamente de ellos. Me preguntan por Nick y yo resoplo; se ríen y dicen que lo nuestro era superobvio. Insisten en preguntar si nos seguiremos viendo y yo les digo a ellos —y a mí— que no tengo ni idea. Que ahora estoy aquí y no quiero pensar en eso. Porque realmente es así. No quiero perderme el presente por pensar en un posible futuro que no existe, porque el futuro no existe hasta que no es presente. Al cabo de nada dicen que ellos avanzan y que nos vemos en breve; un breve irónico, claro. Justo antes de irse les pido que pongan su palabra en la concha. Su Camino en una sola palabra. Uno escribe rápido MIRACLE; otro, SOURIRE. El tercero, el que quiere su *amourette*, dice que tiene que pensar en ella. Cuando se alejan, Kate me sonríe y no hace falta decir nada más.

Si ayer la jornada fue dura, hoy parece que llevemos rocas en la mochila y en los tobillos. Al cabo de unas horas estamos cansadas y de mal humor. Creo que en nuestra amistad ha pasado en unos días lo que en otras circunstancias tarda años en ocurrir. Tenemos la confianza de estar de mala leche juntas, de querer alejarnos un rato o de hablarnos un poco mal y luego disculparnos. Es bonito, aunque es verdad que también nos hemos conocido los «defectos» mucho más rápido de lo normal. Kate me parece una persona preciosa, de esas que, si llenaran el mundo, lo harían un lugar más hermoso, como esos hermanos holandeses o como mucha gente del Camino. Pero el amor la ofusca, parece que es su talón de Aquiles. Es increíble cómo alguien tan libre e independiente puede estar obsesionada de golpe con una relación que aún no ha tenido tiempo de existir, pero ya no intento comprender la relatividad del tiempo. Tampoco estoy yo para dar lecciones cuando a veces Nick no sale de mi mente ni dándole de hostias con la escoba.

Oigo mi nombre alto y claro, y me giro sabiendo que Rinaldo está detrás. Se nos une y los presento. Sí, yo presentando a dos de los peregrinos más populares. Andamos un rato más silenciosos de lo que he visto nunca al francés y entonces, sin venir a cuento de nada, Rinaldo se pone más serio, me aprieta el brazo en un gesto sentido, saca su móvil y me lo entrega en la mano. Veo todo un texto en inglés, lo miro y me hace un gesto con la cabeza para que lo lea. Pone que este Camino es el más especial de los doce que ha hecho, que tal vez sea el último. Que este año le detectaron un cáncer y que cuando vuelva a Francia tiene visita para ver si ha remitido. Me quedo helada, pero intento disimular. Nos miramos y no hacen falta las palabras en ningún idioma.
—Tienes una energía bonita bonita, Joana.
Sonríe y se adelanta para continuar. Y para no llorar, intuyo. Es curioso que las personas más expansivas a menudo llevan una herida muy profunda dentro y no les gusta abrirla. Agradezco mucho que lo haya hecho conmigo y deseo de todo corazón que todo le vaya bien. Aunque sé que ha tenido una vida feliz, porque me lo ha dicho, y que, si se tiene que acabar, estará bien. Ojalá yo sienta eso cuando sea mi momento. Pienso que, si tuviera que pasar mañana, estaría tranquila; estas últimas semanas he recogido lo sembrado durante años y estoy bien, estoy tranquila y muy agradecida.

Nuestros intentos por llegar a una hora razonable han fracasado estrepitosamente. Alcanzamos Samos, un pueblo precioso atravesado por un río, a las seis de la tarde, completamente exhaustas. Nos despatarramos sin glamour en la orilla y metemos los pies en él, con la mirada perdida y sin hablar.

Vamos al albergue municipal y no quedan camas, pero nos ofrecen dormir en el suelo. No, gracias. Después de los días que llevamos y lo duro que ha sido hoy, necesitamos como mínimo una cama. En el segundo albergue no quedan plazas y, viendo que, en esta ocasión, mi amiga está peor que yo, la dejo en un banco y me dispongo a preguntar en todos los alojamientos. No queda ni una maldita cama y no nos veo capaces de continuar hasta el siguiente pueblo, pues no queda muy cerca. Me encuentro con los tres franceses, que no se pueden creer que acabe de llegar, ya que hemos empezado el día juntos y ellos llevan más de cinco horas aquí. Les digo que no encontramos sitio y me ofrecen que durmamos con ellos, en su cama, oferta que me hace reír, pero declino amablemente. «Al menos cena con nosotros», dicen. Ya veremos, primero tengo que encontrar dónde dormir. Veo un alojamiento que había pasado por alto y el chico de recepción me dice que tienen camas de sobra, algo que me parece sospechoso, teniendo en cuenta como está el resto, pero no es momento de ponerme estupenda, así que le mando la ubicación a Kate y pago las dos camas. Tenemos toda la habitación para nosotras, es bonita y espaciosa, así que me encargo de quitar la colcha de la cama, ya que me da reparo que el problema de este alojamiento tenga que ver con las chinches. Se habla mucho de ellas durante el Camino, pero no sé de nadie a quien le hayan mordido.

Más tarde llega otra chica. Esto es como la vida: siempre habrá quien vaya antes, pero también quien vaya después. Voy a cenar con los jóvenes orangutanes —a quienes ya he cogido cariño— porque Kate dice que va a hacer una videollamada y a comer algo en la habitación, así que le dejo espacio.

Por la mañana me vuelve a bajar la regla, aunque no le toque a la muy cabrona, y empezamos a experimentar la tan amenazada marabunta de turigrinos: peregrinos que parece que más bien sean turistas. Hay personas en tejanos y deportivas planas de esas que te pones para ir por Barcelona, no para hacer el Camino. No había visto a nadie en tejanos, no son cómodos para andar tanto, dan calor y pesan demasiado en la mochila. Incluso nos cruzamos con algunos que llevan un bafle para escuchar música, algo que siempre me ha parecido de una desconsideración aberrante. A esos que lo ponen a todo trapo en el metro tengo ganas de hacerles ver lo que claramente no deben de pensar —porque, si no, directamente son gilipollas— y decirles: «Imagínate que todos los que estamos aquí ahora pongamos la música que a cada cual le gusta a tu volumen. No, de verdad, recréalo. Uno, la radio con una entrevista sobre alguna reforma constitucional; otro con Juan Luis Guerra; tú, trap; yo, Mr. Kilombo, y un largo etcétera». Pero entonces me siento una abuela y sé que me mirarían con cara de «menuda pardilla». Incluso me ganaría alguna pelea. Así que no lo he dicho nunca. Hay personas que tienen la habilidad y la autoridad de decir ese tipo de cosas y que el otro lo respete o lo entienda. No soy una de ellas, pero eso no debería servirme como excusa, pues de esta manera casi nadie les dice nada y esa gente se piensa que puede ir por la vida como Pedro por su casa. Empatía menos quince. Me pregunto qué debo de haber hecho yo para que alguien haya pensado eso de mí, porque seguro que he molestado alguna vez a alguien sin saberlo. Es muy fácil criticar lo que a uno le molesta, pero no ver lo que haces tú que podría molestar a otros.

Cuando llegamos a Sarria, Kate y yo nos pegamos un pedazo desayuno de esos impagables, pero con una pinta tremenda: tostadas de aguacate con huevo poché y batido de frutas y semillas. Para reanimar a un muerto, vamos. Pero yo no estoy muerta, solo tengo una regla atroz, así que antes de abandonar la ciudad, delante de unas letras enormes con el nombre de la ciudad, SARRIA, donde un montón de estrenados peregrinos se hacen fotos monísimas para subir a Instagram, me caigo redonda. Kate se sienta a mi lado mientras yo me recupero tumbada en el suelo, con la espalda medio recostada en un muro. Agradezco estar con ella esta vez, que lo comprende a la perfección y me da un calmante y agua mientras espera tranquila a que se me pase un poco. Cuando reemprendemos la marcha, veo en el grupo de mosqueteros que ha mandado una foto mía medio moribunda poniendo «*she's a warrior*», haciendo referencia al cartel que vimos el otro día. No me puedo creer que me haya tomado una foto en ese momento y que la haya enviado, le echo la bronca sin energía y ella me saca la lengua divertida. Nick enseguida me escribe por privado.

Te veo muy bien desde que no estoy ahí
contigo

Por suerte, antes de que le mande a la mierda ya he recibido otro mensaje.

Cómo estás, Little Ju?

Y de repente tengo una sensación de lejanía, como si hiciera mucho tiempo de lo nuestro, como si no nos conociéramos, como si todo hubiera sido un espejismo. Hablar por WhatsApp puede ser una gran mierda rompeconexión. Me da miedo, porque cuanto más cerca estoy del final, más pánico tengo. De que esto se acabe, de no saber conservar lo que he encontrado aquí. De no acordarme de que yo también sé, y puedo, estar bien. De volver a sentirme absolutamente sola.

De todo lo que he aprendido a lo largo de mi vida, sé que

la soledad ha sido mi mayor maestra, pero también sé que ha sido la más dura de todas. No sé si estamos acostumbrados a sentirnos solos de verdad durante un largo periodo de tiempo. A mi alrededor veo que la gente acostumbra a tener varios pilares que los sostienen; pareja, amigos, familia, trabajo, hobbies, salud, dinero. Cuando alguno se cae, tienes otros para que no se derrumbe toda la estructura. Yo, aun siendo consciente de lo afortunada que soy en términos generales, en un momento que se alargó años, sentí que se derrumbaron todos mis pilares. Sentía que solo tenía a mi madre, y eso que tampoco la notaba nada cercana esa temporada. Y esa soledad duele hasta lo más profundo, hasta las raíces que sujetan las otras raíces, hasta el tuétano. Pero a la vez te vuelve valiente y aprendes a darles a las cosas un valor relativo. A mí me cambió el orden de los factores, y sí se alteró el producto. Porque ya nada me importa demasiado, pero en un sentido que me quita mucha presión.

Creo que a Kate tal vez le pase algo parecido. Aquí estamos como en *stand by*. Aunque nos sintamos más vivas que nunca, cuesta reformular tu vida de después para seguir sintiéndote así de libre y fiel a ti misma.

Cuando llegamos al albergue lo hacemos en silencio, cada una en su mundo, y ella dice que necesita resolver las cosas con Francesca, que no entiende adónde va todo esto. Me da miedo que ella sola lo precipite tanto todo, que a la otra le entre el pánico de tanta intensidad, pero yo no puedo ponerme en su piel ni saber lo que están sintiendo, así que le dejo aire para que haga lo que ella crea mejor. Me siento en un columpio interior —tan *#boho#hipster#trendy#cool* como el desayuno— y busco alojamientos para los próximos días, pero me agobio con el móvil —además, he comprobado que en realidad lo necesito para poca cosa—, así que voy a cenar sola, en un estado bastante dramático-regloso.

Vamos de Guatemala a Guatepeor —ya no sé si hablo más como mi madre o como mi abuela— y me da rabia no saber aprovechar los últimos días aquí. Salimos del albergue a oscuras, por fuera y por dentro. El miedo a tener miedo es absurdo, y ahora creo que las dos estamos mal por temor a estar mal en el futuro. Así que intento forzar volver a estar radiante, pero la autenticidad en ese aspecto es bastante imprescindible. Se habla muchísimo de la actitud, pero con el tiempo he visto que realmente hay algo tan potente como la predisposición o más, algo que va por dentro, incontrolable y que se siente como verdad. No sé si es química, neuronas, hormonas o sensibilidad, no lo sé, pero a veces la actitud no es suficiente. Esto me recuerda al momento en el que acepté mi depresión. Aun siendo psicóloga, siempre creí que lo mío era opcional, como si fuera imbécil y la escogiera como asignatura optativa. Que era culpa mía estar mal, que no lo sabía o quería hacer mejor, aunque pudiese. Hasta que un día de crisis, que venía de muchos otros de bajada en picado y de quedarse a oscuras en la habitación al volver del trabajo porque no tienes fuerzas de nada más, mi madre me dijo, muy seria, que a un diabético nunca le cuestionarías su enfermedad ni le dirías que se esforzara más en controlar la glucosa en la sangre. Ese ejemplo se me quedó tatuado dentro y acepté que estaba enferma, y que no era del todo culpa mía. Que la sensación de no poder, de apatía y de túnel oscuro que no te deja ver nada más formaba parte de eso. Y que tal vez yo no era de esas que dicen estar deprimidas cuando simplemente están tristes o pasan unos malos días, que tal vez lo estaba de verdad.

Cada una escucha música con sus cascos. Andamos solas, aunque a unos metros de distancia, pero al cabo de unos minutos mis cascos mueren, así que sigo caminando en silencio y los minutos se alargan como un chicle blando. Paramos delante de la roca con la concha que marca que tan solo nos separan cien kilómetros de Santiago. Cien kilómetros. No logro asimilarlo.

A media mañana nos sentamos y Kate duda si abandonar. Primero pego un respingo, asustada. Compartimos la sensación de que esto ya no nos parece nuestro Camino mientras nos adelantan turigrinos de zapatilla plana, pero le digo que quiero pensar que también de esto aprenderemos algo. Ella me mira cuestionándolo. Reservamos una pensión en un pueblo y, al llegar, nos sentamos en un restaurante donde unas gallinas se pasean entre nuestros pies. Se nos une una pareja de lituanos muy jóvenes, que hemos visto bastante, aunque yo no había hablado nunca con ellos. Resultan mucho más sociables de lo que aparentaban y la chica —alta, rubia, elegante—, de quien, cuando me la cruzaba, me había montado la película de que no quería estar aquí y que había venido empujada por su novio, nos cuenta que, muy al contrario que en mi paja mental, es ella la que ha arrastrado el otro. Sus hermanos mayores hicieron todos el Camino y uno le pidió matrimonio a su mujer en Santiago, al llegar a la catedral. Así que para ella era importantísimo hacerlo. Miro al chico y pienso que menuda presión, pero no se le ve preocupado ni con intención de desenfundar un anillo. Es curioso pensar que, para una familia en Lituania, el Camino sea algo que los ha marcado tanto, mientras que la mayoría de los españoles ni siquiera sabe por dónde pasa. Yo, al menos, no tenía mucha idea de lo que era realmente. A menudo es cierto eso de que no vemos lo que tenemos delante de nuestras narices.

Antes de acostarme recibo un mensaje largo y precioso de mi madre, en el que dice que siente que se ha roto el cordón umbilical, pero en el buen sentido, que nos nota liberadas, como si ahora fuéramos dos adultas que se quieren mucho pero no se necesitan. Que teníamos una dependencia que a lo mejor no era muy sana, y que cuesta mucho cambiar los roles con un hijo, pero que siente que ya está, que tengo que volar sola y que ella no tiene respuestas a mis preguntas, que únicamente las tengo yo. Y que espera que sepamos encontrarnos en esta nueva situación. Las lágrimas saben saladas cuando me rozan el labio.

No sé si fue el mensaje de mi madre, que la regla ya no es tan abundante o que los astros se han movido de alguna forma de esas que siempre tienen explicación —y que yo desconozco—, pero hoy nos hemos levantado las dos otra vez más enérgicas y positivas. Casi podía volver a ver cómo nos subía el brillo a la cara como a un Gusyluz. En un momento de cuesta hemos empezado a adelantar turigrinos que no podían con su alma ni con una mochila demasiado grande para tan pocos días. Ha sido un subidón, parecían nosotras el día dos, y ahora los adelantamos diciendo «Buen camino» y con una gran —y un poco malévola— sonrisa. Las peregrinas más lentas de este agosto adelantando a los mares de peregrinos circunstanciales.

A media mañana decidimos ser responsables para no volver a agotarnos y paramos en un supermercado a comprar lo necesario para prepararnos un buen almuerzo. Nos sentamos en un banco y montamos unos bocadillos muy rellenos. Entonces miramos alrededor y nos damos cuenta de que estamos en el lateral de un cementerio. Reímos y no dejamos que el ambiente *post mortem* nos fastidie la comilona. Pasa la familia francesa en bici, cuyos niños me saludan contentos mientras pedalean y tocan el timbre. Hablo con Kate de las diferentes maneras de educar y vivir con hijos. Ahora parece estar más en boga que nunca lo de reflexionar cómo educarlos y es un tema que me genera muchas dudas, interés y curiosidad. Revisamos distintas maneras que vemos en familiares y amigos, pero con la opinión prudente de quienes no pueden comprenderlo del todo, pues nosotras dos, aunque nos veíamos madres a esta edad, no lo somos, y tal vez no lo seremos. Y no pasa nada. No sé si hay una manera más adecuada de educar o es algo que depende totalmente de cómo sea la persona que nace, pero en cualquier caso a los *mini-Fantastic* se los ve muy espabilados. Parece mentira que niños con la misma edad hablen como bebés y parezcan bastante inútiles, y algunos más pequeños en otros países estén sirviendo mesas con una diligencia y una responsabilidad que obviamente no deberían tener. Es curioso comprobar que el nivel de maduración no depende tanto de la edad como de la manera de enseñarles a vivir.

Me sorprendo al poder sacar a la luz el tema de la maternidad. Soy consciente de que ha sido muy importante para mí y lo he vinculado tanto al duelo de la ruptura que no he sido muy capaz de exteriorizarlo hasta ahora. Ojalá también se esté colocando en este nuevo sitio que he encontrado dentro de mí, esta habitación tranquila y ventilada.

Y con esta energía renovada llegamos temprano —para ser nosotras— al siguiente albergue, que se llama El Alemán y tiene una piscina, lo que es gracioso, porque nos recuerda a

Michael, así que le mandamos una foto señalando el cartel. Él llegó a Santiago hace dos días y se ha ido hasta Finisterre para disfrutar del final de las vacaciones y también porque dice que nos quiere esperar. Nos manda una foto desde un hotelazo de playa. Le han crecido el pelo y la barba, y tomo consciencia entonces de que llevamos casi un mes aquí.

A la mañana siguiente nos levantamos a las cuatro porque lo de encontrar albergue se ha vuelto una yincana atroz.

Se me agarrota un poco el cuello de tanto mirar las estrellas, pero es que es precioso: el cielo está salpicado de luces diminutas, aunque cuando nos internamos en pleno bosque, con tal oscuridad, nos da un poco de miedo. Encendemos las linternas del móvil y nos mantenemos bastante juntas. Hay miedos bastante universales y que nunca desaparecen del todo. La oscuridad me hace perder la capacidad espacial y de repente creo en todo, especialmente en un asesino que sí goza de visión nocturna y viene a por mí porque, claro, soy un objetivo de lo más buscado. Me voy girando hacia atrás para comprobar que no nos siguen, y eso pone histérica a Kate, que me echa la bronca por asustarla. Yo llevo el chubasquero encima, por el frío, y pienso que lo más probable es que sea yo quien le vaya a dar un susto a alguien con estas pintas. Mantenemos un ritmo que en nuestro caso podría describirse como trepidante y a medio camino tengo que parar, pues me ha salido otra ampolla, minúscula, pero una ampolla a fin de cuentas. Así que toda orgullosa con mi herida de guerra me pongo una tirita en treinta segundos y seguimos, que el ritmo no pare, no pare, no.

Llegamos a nuestro destino a una hora más que razonable, incluso antes que los franceses. En el municipal hay una cola acojonante de peregrinos sentados en la acera esperando a que abran a las once —sí, a las once ya hemos hecho toda la etapa. Lo sé—. Le pido a Kate que espere aquí, conservando el turno, mientras voy a ver si encuentro más albergues. Al final de la calle hay otro al mismo precio y donde aún quedan camas libres —sí, hemos parado todos en el primero, como ovejas—, así que le envío un mensaje y viene.

Es tan temprano que después de comer incluso nos echamos una siesta, porque Kate se estaba durmiendo encima del plato en el restaurante —y yo le he hecho una foto vengativa que he enviado directamente al grupo—. Cuando llegan los franceses no se pueden creer que estemos aquí. Les digo llevamos aquí HORAS con una sonrisa enorme y orgullosa.

No lo hablamos mucho, pero mañana llegamos a Santiago. Sí, mañana. A diferencia de la excitación que se podía esperar, esta tarde abunda en el ambiente un aire de tristeza, ojos perdidos y silencios que piensan. Tal vez piensan que mañana vuelven a su vida real, por mucho que todo sea vida y real. De hecho, podíamos haber llegado hoy perfectamente, pero hemos preferido dividir la etapa, alargarlo al máximo. No estoy cansada, al contrario; este viaje —nunca mejor dicho— me ha llenado de energía todas las reservas. No quiero volver. Pero sé que en algún momento tendré que hacerlo y hay una parte de mí que siempre quiere enfrentarse a lo que me da miedo, porque no quiero que me obstaculice. Si se deja crecer el miedo es más difícil batallar contra él. Kalet me manda un mensaje preguntándome dónde estamos y si mañana llegamos, y no puedo evitar imaginarlo ahí, en la catedral de Santiago, esperándome como un buen anfitrión. Pero no. Barro ese pensamiento porque una de las cosas que he aprendido de verdad estos días es que tener expectativas duele. Porque la vida nunca es como la imaginamos, y entonces te puedes decepcionar de una simple fantasía y tendrás doble trabajo: crearla y descreerla. Michael aún está en Finisterre. Y Nick en la otra punta del mundo. Así que no habrá nadie esperándonos. Pero qué más quiero. Empecé sola y me iré de aquí con una familia peregrina. No tenía expectativas cuando vine y no quiero tenerlas al irme con ellas. Ha sido precioso y por eso estoy eternamente agradecida. Me duermo forzando a mi Gusyluz a irradiarme de positivismo, como si pudiera echar la tristeza que me está invadiendo desde los talones.

Por la mañana empezamos a caminar sin prisa. Nos adelantan turigrinos motivados por colgarse la bandera, al contrario que nosotras. Porque no hay ningún albergue que nos espere ni tenemos un arduo recorrido por delante. Solo el final. El final de una etapa. El final de un minimundo. De un universo paralelo. Caminamos en silencio y no sé si estamos un poco raras, de mal humor o tristes. Un poco de cada, supongo. Recibimos un mensaje de Michael dándonos ánimo para la llegada y Nick nos desea lo mismo y añade que le hubiera encantado estar aquí, pero que tiene concierto en Bristol y era totalmente inviable. Kate me mira y yo me lo trago todo. No había expectativas. No hay expectativas. Me miento fatal.

Cuando llegamos a las afueras de la ciudad me embarga un dolor de estómago repentino que me obliga a sentarme en el suelo. Cuando afloja un poco seguimos andando. No puedo evitar mandarle un mensaje a Kalet diciéndole que estamos entrando, forzando un poco lo que me haría ilusión. Nos hacemos fotos frente a unas letras enormes cubiertas de flores con el nombre de la ciudad. Santiago. La ciudad que da nombre al Camino, el lugar donde convergen todos los Caminos de tantos caminantes. Es curioso lo que se tarda en llegar a pie al centro de una ciudad. En un momento dado nos acercamos a un edificio histórico que dudamos sobre si es una iglesia o qué es, y no sabemos si ya hemos llegado a la famosa catedral. Miramos alrededor y nos abrazamos por si acaso. Pero entonces vemos una señal que indica que la catedral está aún a unos centenares de metros y nos morimos de la risa de nuestro ridículo. Pero la risa se funde en lágrimas en medio del abrazo. Nos permitimos el llanto, breve, pero sentido. Después sacamos pañuelos y nos rehacemos para la entrada. Kalet ni ha mirado el móvil desde las cuatro de la madrugada, por lo que intuyo que estará durmiendo la mona, no se debe ni acordar de que llegamos hoy. Pienso si yo estaré aquí el año que viene cuando Nick llegue a Santiago como pretende. Descarto de inmediato ese pensamiento de futuro. Cuando pasamos por el lateral de la catedral, que es inmensa, vamos entre un mar de peregrinos y solo por eso evitamos volver a hacer el ridículo pensándonos que el lateral es donde acaba el Camino. Pasamos por debajo de un pequeño puente, giramos a la izquierda y... no hay ninguna duda: es aquí. Una explanada a rebosar de peregrinos sentados haciéndose fotos o abrazándose. Kate y yo nos damos un abrazo rápido y falso, no como el de antes, pues ahora mismo no consigo sentir nada. No me gustan las situaciones en las que se supone que toca hacer o sentir tal cosa. Como en tu cumpleaños, Navidad o el último día de cole. Y ahí estamos, plantadas sin saber qué hacer, cuando veo el grupo de jóvenes que viene hacia nosotras corriendo.

Me abrazan las hermanas y los franceses, y yo lo agradezco en el alma, aunque no sean quienes me hubiera gustado que estuvieran ahí. Kate nos hace fotos, unas fotos que quisiera que protagonizaran otros. Fotos preciosas de abrazos fuertes y miradas emocionadas. Algunos de ellos llegaron ayer y cargan con una tarta de Santiago esperando a la otra mitad del grupo. A ellos sí que los estarán esperando. Lo nuestro ha sido casualidad. Aprovecho para que pongan sus palabras en la concha. El tercer francés, el que faltaba, me mira intenso a los ojos y después escribe AMOUR. Y yo por dentro deseo que se enamore en breve de alguien y que sea correspondido, que conozca de verdad el amor, y no la idea de él, porque me parece que este chico tiene mucho *amour* dentro y necesita conocerlo para evolucionar como persona. A veces sueno de un condescendiente que asusta. Suerte que solo yo oigo mis pensamientos.

Nos sentamos en el suelo mirando la catedral y a los que van llegando. Me suena el móvil, pero cuelgo al ver un número desconocido. Solo falta que me llamen de una compañía telefónica ofreciéndome un televisor gratis —porque todo el mundo sabe que regalan televisores por la cara— para que sienta que esto se ha acabado de verdad y que he vuelto a la rutina. Observamos que hay gente a quien sí le emociona la entrada. Hay cuatro chicas que llegan juntas y parece que vengan de la guerra: todas con vendas en las rodillas, los codos o los tobillos. Y se abrazan y lloran de una forma preciosa y sincera. Les hago discretamente una foto, aunque no sé quiénes son. Es un momento mágico. Pienso que la vida no va de ti, la vida va de todos. A veces me pongo de un intenso... Después entra la mitad del grupo de jóvenes que faltaba y los otros se les echan encima. Me emociono al verlos abrazarse. Hay uno que se aparta del grupo y se sienta delante de nosotras sin vernos. Llora. Le recuerdo: parecía el más fiestero, el que venía aquí como quien se va de viaje de *single*. Pero no, no hace falta que lo diga, él también llevaba más peso del facturable en la mochila. Tal vez él lo ve como yo, que Santiago no era la meta, era el final. A Kate y a mí nos suena el móvil a la vez y vemos la cara de Michael haciéndonos una videollamada por el grupo.

—Bueno, pero ¿dónde están mis peregrinas, campeonas del Camino?

En la imagen detrás de su cara está la catedral, y Kate y yo ya estamos de pie y corriendo hacia nuestro amigo. Casi lo tumbamos en el suelo entre las dos. Ha llegado tarde, pero ha vuelto de Finisterre por esto; bueno, y porque su vuelo sale de aquí, vale. Sht.

—¿Hola?

En la pantalla de mi móvil veo la cara de Nick del revés. Lo giro y lo saludamos todos. Parece un poco triste y, mientras ellos dos le hacen bromas, sus ojos y los míos tienen otro diálogo: «Quería estar aquí». «No pasa nada». «Lo sé». Cuando la conversación degenera entre Michael y Nick y empiezan a cantar «Gimme Hope Jo'anna», decidimos finiquitarla.

El destino ha querido que acabemos comiendo con Martina —sí, mala hierba...— y un amigo suyo que vino para hacer los últimos días con ella. Se une también al grupo una mujer alemana de mirada estoica que nos presenta Michael y que nos cuenta que salió de la puerta de su casa en Stutgart hace más de cuatro meses. Tiene la mirada intensa pero perdida. No quiero ni imaginarme todo lo que le debe de estar pasando por la cabeza, si a mí en treinta y dos días me ha cambiado la manera de ver el mundo. Intento hablarlo con ella, el miedo del fin, las ganas de no perder lo aprendido, pero cuesta porque ella no habla bien inglés ni yo hablo nada de alemán. Aun así, creo que las miradas se comprenden más que las palabras patosas. A media comida, mi móvil suena por tercera vez con un número desconocido. Lo cojo.

—¡Joanaa! ¡Por fin! Rápido. No puedo hablar. ¿Catedral en cinco minutos?

Ya estoy saliendo.

Es tarde y la plaza se ha vaciado considerablemente de mochileros. Veo a Kalet en el fondo y voy corriendo, más ilusionada que cuando he entrado la primera vez.

—¡Bienvenida! Felicidades.

—¡Igualmente!

Nos abrazamos, pero Kalet no deja de hablar.

—He perdido el teléfono, me lo robaron anoche. Me voy en una hora a Finisterre en bus. Quería verte y he estado buscando a alguien que tuviera tu contacto; al final, una de las hermanas me ha dado tu teléfono y me lo he apuntado aquí.

Me enseña mi número apuntado enorme en boli en toda su pierna. Gracias… pero casi no termino la frase porque me cuenta que ayer encontró a su *amourette*, esta vez de verdad, dice. Pero que ha perdido el teléfono y no tiene manera de encontrar a la chica en cuestión. Me pongo en modo Sherlock salvavidas. Le pregunto cómo es, el color de su mochila y, tal cual lo estoy diciendo, a Kalet se le descompone la cara y sale corriendo. Veo como se encuentra en medio de la plaza con una chica muy alta y morena, con mochila azul. Se abrazan en silencio y luego se dicen mil cosas, y yo sonrío, porque si Kalet no hubiera quedado aquí conmigo tal vez no la hubiera encontrado a ella nunca más. Me siento una secundaria, un transmisor, un mensajero. No soy protagonista y no me disgusta en absoluto. Hace tiempo que he dejado de sentirme el personaje principal para convertirme en una pieza ínfima, como un átomo más en la inmensa extensión temporal que es la historia de la humanidad. Recojo la mochila de Kalet, que ha dejado tirada en el suelo, y se la acerco. Nos presenta rápido, pero yo le doy un abrazo a mi amigo y le deseo suerte. Su mirada se debate, pero la mía le deja muy claro que los dejo tranquilos, que aproveche. Me voy, aunque no vuelvo al restaurante con todos, me apetece caminar sola. Un rato más.

Por qué no te vienes?

Es un mensaje de Nick y añade su localización, en Bristol, para el siguiente concierto.

Se me acelera el corazón, tan rápido que tengo que apoyarme en una pared que huele a pis. Pero, antes de responder, respiro hondo y ando un rato más. Porque a veces mandamos estas cosas en un impulso y luego nos arrepentimos, y no quiero ir y que luego él... Basta. Inspiro profundo, espiro y me doy cuenta de que tengo ganas de verle, que me ha emocionado que me lo sugiera y también de que tengo miedo. Miedo de que no nos conozcamos fuera de este entorno, de que todo se estropee, de que yo me estropee. Pero, por fin, mi vida parece llena de aventuras y aprendizajes bonitos. Y si sale mal, sale mal. De todas formas, ¿qué es «mal»? En algún momento habrá un punto final. Eso lo sé desde la primera caricia. Pero que nos quiten lo vivido en el camino. Nunca mejor dicho.

> Me encantaría
>
> A mí más. Cuándo, cuándo? Mañana?
>
> Mañana ya estaremos en Londres

Me río al leerlo más impaciente que yo. Aunque mañana da miedo, eso es... mañana.

Ando un rato en silencio y me calmo poco a poco.

No. Mañana sería alargar lo inevitable, acabar el Camino. También he dudado si seguir hasta Finisterre. Pero algo dentro me dice que tengo que aprender a volver. Porque le tengo mucho respeto a la vuelta, lo sé. Y de todas formas prefiero reservarme Finisterre para el futuro, porque tengo la intuición de que no será el único Camino que haga.

> Me apetece venir, pero mañana voy a ir a
> casa. Seguirás ahí la semana que viene?

Pone caritas tristes, pero dice que sí, que ahí me espera. Les escribo a mis compañeros y nos encontramos en la catedral para ir a buscar la Compostela, la de Kate y la mía, porque Michael ya la recogió. Hacemos cola, con numeritos, como en la pescadería. Dicen que solo en el día de hoy han llegado a Santiago más de cuatro mil peregrinos, lo que es un récord. Mientras avanzamos en la fila, les cuento que probablemente me vaya a Londres en breve y Michael se sorprende y dice que qué bien y que a ver cuándo nos reunimos todos. Me doy cuenta de que tal vez no tenga ni idea de lo mío con Nick. Cuando toca mi número, en el mostrador una chica comprueba mis sellos, estampados por delante y por detrás de la credencial, y me pregunta qué tal la experiencia y que si la quiero en latín o en inglés. Increíble, y en latín, ya puestos. Veo cómo escribe mi nombre a mano, con calígrafa grácil, en el certificado de estética medieval. Incluso transforma mi nombre, como si fuera en lengua itálica. Pone que he andado setecientos cuarenta y dos kilómetros. Eh, en Roncesvalles ponía ochocientos. Me enojo yo sola, porque quiero más.

Salimos a la calle, donde un peregrino que parece estar en pleno momento catártico está quemando su Compostela mientras repite: «*This is consumerism!*». Lo observo con ambivalencia. Antes de ir al albergue, paramos en una tienda de *souvenirs* del Camino que no hacen justicia a lo vivido. Mientras ellos miran mapas y tazas, compro cuatro imanes a escondidas, porque en cuanto los veo no puedo creerlo, son cuatro peregrinos a modo de Beatles, como en la típica cubierta de *Abbey Road*, como la foto que quise que nos tomáramos ese día. Se ve que muy original no soy, pero no puede importarme menos.

Y cargados de pongos salimos hacia el albergue. Hemos pillado uno que está en las afueras, en el monte do Gozo, por donde ya hemos pasado esta mañana antes de llegar a Santiago. Proponen coger un taxi. Me detengo y los miro.

—¿En serio? Hemos andado ochocientos kiló...

—Tú setecientos y pico.

—Calla. ¿Y ahora tomaremos un taxi? ¿No decías que a partir de ahora andarías a todas partes, Michael? Que bajarías antes del tren para caminar cuando volvieras del trabajo...

Esta batalla la gano yo, así que juntos desandamos lo andado. Cuando nos cruzamos de cara con unos peregrinos que justo ahora están llegando a su meta, nos miramos y somos conscientes de lo que hemos hecho: ochocientos kilómetros. Bueno setecientos cuarenta dice la señora esa, pero seguro que hemos hecho más. Hemos cruzado toda España horizontalmente.

Les mando a mis padres y a Laura una foto de mi certificado y lo celebran más que yo, que creo que no soy muy consciente de lo que he hecho. Mi padre me dijo que, si llegaba a Pamplona, le dejaría anonadado. ¡Pues anonádate del todo, papá, porque he llegado a Santiago!

Creo que cuando los hechos —buenos o malos— nos suceden a nosotros pierden mucha de la importancia que les dábamos cuando solo eran imaginaciones o cuando les ocurren a los demás. Porque son nuestra realidad y, sencillamente, nos adaptamos a ella.

Aprovecho el momento de duchas para esconderle un imán a cada uno en la mochila, y yo me llevo el mío y el de Nick. Pienso que lo veré en breve y se me escapa una sonrisa que no puedo controlar. Saber que el Camino no se acaba aquí me tranquiliza y me da fuerzas para volver, aunque no sienta que vuelva a casa porque hace tiempo que no siento que tenga casa. Entra en la habitación el cuarto compañero, un chico más joven que está haciendo el Camino en moto. Sí, hay tantos Caminos como personas.

El sol se está poniendo, así que subimos todos a lo alto del monte para ver el último atardecer aquí. Nos sentamos en silencio bajo unas figuras de bronce de peregrinos y vemos la catedral a lo lejos. El brochazo final. Y, mientras miro el sol, que se esconde como un niño tímido, le agradezco, no sé por qué a él, todo lo vivido este mes. Todos y cada uno de los minutos y las personas que he encontrado. Creo que nunca había estado tan agradecida ni serena en mi vida; ni cursi tampoco.

Después cenamos juntos en el bar, con esa sensación tan extraña de que el ruido suena distinto. El cuarto componente evidentemente no sustituye a Nick, por muy majo que sea.

El vuelo de Kate sale mañana muy temprano, y el de Michael y el mío a mediodía, así que antes de dormir hacemos una despedida rápida porque no queremos recrearnos. Hemos retrasado el momento, pero Michael y Kate tienen que poner su palabra en la concha. Kate escribe TRANSMISSION y Michael se salta el código de una palabra y escribe YOU NEVER WALK ALONE al final de la concha. Lo quiero matar por romper el código, pero es imposible querer matar a Michael; además, está muy bien encontrado porque él se ha encargado de justificar y dar una explicación eterna diciendo que son cuatro palabras como nosotros cuatro, y que todas tienen sentido por sí solas y que bla bla bla. Que sí, que a Michael siempre se le deja hacer lo que quiere, porque nos tiene a todos ganados.

A las tres, cuando suena la alarma de Kate, me levanto antes que ella porque estoy nerviosa y no he pegado ojo. La ayudo a acabar la mochila —sí, yo, qué pasa— y luego salimos silenciosas al pasillo, donde nos damos un abrazo sin decir nada, hasta que Michael nos embiste por detrás y nos coge a las dos.

Y se va. Y no quiero ni puedo pensar que tal vez no la veré más. Porque en este instante todo está bien. Le digo a Michael que me quedo un rato fuera, asiente y entra en la habitación, pero antes de que haya salido del edificio ya me está pisando los talones con una manta. Nos sentamos en la hierba húmeda. Pasamos un rato en silencio contemplando las estrellas que a lo mejor hace años que ya no están ahí.

—Vas a estar bien, Joana.

Y una lágrima traicionera baja por el tobogán que es mi mejilla. Y ha dicho mi nombre bien.

—Y en poco tiempo tú no necesitar diez gotas, bajar hasta cero. Porque tú eres la más fuerte *pilgrim*.

Me quedo atónita. He estado tomando mi antidepresivo cada mañana, volcando las diez gotitas en el vaso antes de irnos de cada albergue, cuando todo el mundo estaba ocupado calzándose o curando ampollas. Y Michael es el que menos hubiera dicho que se habría fijado, porque parece estar siempre en su mundo, como yo en el mío. Dice que buscó lo que era. Que él también estuvo mal y que pasa. Como todo pasa.

—Tengo miedo de lo que viene, Michael. —Esta vez no corrige su nombre—. Yo no sabía que podía estar así de bien. Que me podía sentir así de libre. Y es más fácil cuando no sabes que puedes, que saber que puedes y no saber hacerlo.

Silencio.

—No he entendido nada.

Y reímos. Bueno, yo lloro y río a la vez.

—Tienes que dejar de beber tantas Coca-Colas.

—Lo sé. Pero mejor eso que otra cosa.

Asiento.

—Cuando vengas a Barcelona, te haré unos batidos buenísimos y así podrás combinar.

—*Oh, yeah, Barcelona, beach, sun...*

Y los dos a coro:

—*Watermelon.*

TERCERA PARTE

Siempre me han gustado los aeropuertos. Paseo por las tiendas sin mirar nada en concreto, rodeándome de acentos y culturas. Hay sitios con una energía diferente y, para mí, los aeropuertos son uno de ellos. Cuando pienso que viajamos en avión, que estoy en Santiago y que en menos de dos horas estaré en Barcelona, me doy cuenta de lo rápido que nos acostumbramos a todo. Es una locura. Volamos. Por el cielo. Son esas pequeñas cosas las que me hacen pensar que somos seres adaptativos, que nos acostumbraríamos a cualquier cosa. Las películas de ciencia ficción no me han parecido nunca muy lejanas. Si mañana el cielo fuera a topos, conviviéramos con seres de otros planetas y nos alimentáramos a base de cucarachas… Qué asco, pero, bueno, creo que simplemente, poco a poco, esto se volvería la nueva realidad.

Antes de embarcar sudo un poco por las medidas de mi mochila, ya que no he pagado el plus que ahora les ha dado por añadir para cualquier pieza de equipaje que sobrepase las medidas del bolso de un Pinypon. Pienso en todas las formas de disimular. Me he atado el jersey a la cintura, llevo dos camisetas puestas y la cantimplora en la mano, como si estuviera bebiendo. Cuando paso por la puerta de embarque me la cuelgo de un hombro, para que vean que no pesa, que es pequeña, pero no le hacen ni caso y ya estoy en el tubo que lleva al avión. Me gustaría saber qué porcentaje de todo lo que nos hace sufrir se acaba cumpliendo, porque creo que debe de ser muy pero que muy bajo. Pero nosotros ya le hemos dado vía libre al cortisol para que se libere en forma de sudoración apestosa, temblores o taquicardias. Y eso que ahora vengo con la magia del Camino en vena, imagínate.

Me abrocho el cinturón de un avión con asientos estrechos, peores que los de los trenes de cercanías. ¿Cuánta laca gastarán las azafatas? ¿En la formación tienen una asignatura de maquillaje y peluquería? ¿Por qué siguen pareciendo sacadas de un manual retrógrado y anticuado de la buena esposa? No he visto nunca una medio rapada, muy bajita o con piercings. Lo de la faldita me parece ya… Es que además no le encuentro ningún sentido, tienen que estar horas de pie y con variaciones de presión, y llevar medias no sé si les puede afectar a la circulación. Mi barriga se hincha cada vez que ascendemos, imagínate sus piernas. A lo mejor les va bien la compresión. Y los chicos parecen tan finos. Supongo que tiene que ver, además de con la imagen de la aerolínea, con lo que hace sentir seguros a los pasajeros. Cuando era joven —y lo digo en pasado porque siento anunciaros que, según leí en fuentes de una veracidad dudosa, se deja de ser joven a los veintitantos—, daba clases de repaso en una academia y el jefe solo quería contratar a chicas, sobre todo para los niños más pequeños, porque decía que los padres se sentían más seguros y tranquilos. Yo di bastante por el culo hasta que contrató a un chico, y los adolescentes adoraban sus clases, pero por desgracia no era muy constante y lo dejó, lo que provocó una mirada de superioridad en mi jefe como diciendo: «¿lo ves?». Ese chico, que se hacía llamar Jeremy —aunque su nombre fuera Jaume— y quería ser actor, no tiene ni idea de lo que costó el cambio ni de que provocaría otros cinco años más sin contratar a un chico en esa academia del barrio alto, lleno de *nannies* y padres con cochazo en la puerta. Pienso si habrá conseguido ser actor, vivir solo de eso. Era un tío divertido, pero tenía un poco la actitud de «yo solo estoy aquí mientras tanto, no soy profe de repaso». ¿Y quién coño es solo profe de repaso? A veces, cuando soltaba esas perlas en la sala de profes, me miraba con una compañera que tenía dos carreras y estaba acabando el máster, y sonreíamos sin necesidad de replicarle nada. Si él quería pensar que todas nosotras hacíamos eso por vocación y que él solo estaba ahí durante un tiempo y nos dejaría en breve mientras nosotras repasábamos el *present continuous*, las divisiones o los invertebrados hasta jubilarnos, allá él.

Anda, ya estamos llegando, ¿ves qué bien?, a veces mis pájaras mentales me amenizan el rato.

«Hola-les-habla-el-capitán-González-en-breve-aterrizaremos-en-Barcelona-donde-la-temperatura-es-de-treinta-y-cuatro-grados-con-el-cielo-despejado-gracias-por-volar-con-nosotros».

Unas clases de oratoria en la formación de pilotos no irían mal. Ha enlazado todas las palabras sin marcar ningún signo de puntuación ni inflexión en el tono. Habla como escribe un médico.

Miro por la ventanilla y veo la costa barcelonesa como una maqueta: los coches circulan por la autopista como si fueran micromachines. Intento imaginar cuántas personas sobrevolamos por segundo y cómo deben de ver ellas el avión, otro avión pasando por allí arriba, nada más. Somos muchos y no somos casi nada. Aunque no parecemos saber vivir siendo casi nada. Somos minúsculos y breves. Me tranquiliza pensar eso, mirar alrededor y ver siempre a gente nueva. ¿Cuántas personas conocemos a lo largo de la vida, con cuántas nos cruzamos? Seguro que es un porcentaje irrisorio dentro del cómputo global de nuestra especie.

Cuando aterrizamos, después de cuatro aplausos absurdos —por no habernos estrellado, supongo—, enciendo el móvil, mientras los más impacientes ya se levantan y cogen sus maletas ignorando la insistencia de las azafatas en que nos quedemos sentados hasta que la tripulación lo indique. Tal vez son los mismos que aplauden. Le he mandado un mensaje a mi madre informándola de que he aterrizado, como siempre. Si un día me olvido, pensará que el avión ha caído al mar y que estoy siendo pasto de los tiburones. De hecho, fue ayer a última hora cuando le dije el avión que tomaba; si no, me habría encontrado en la puerta de casa. Pero está trabajando, así que la veré después, aunque sin el riesgo de que le dé un soponcio al encontrarme por sorpresa en medio del comedor.

Atravieso el aeropuerto conocido, acortando por el Natura. Como no tengo nada facturado, voy directa a las puertas, donde la gente espera nerviosa. Me acuerdo de mi prima Laura, que tiene mucho morro, y siempre que volvíamos de viaje saludaba como si hubiera alguien esperándonos, y yo me descojonaba mientras ella paseaba la mano cual reina de Inglaterra, con los ojos fijos en alguien que no existía. Ahora también me río sola y estoy a punto de hacerlo, aunque mi timidez no me ha abandonado del todo, pero entonces la veo. JODER, mi prima Laura sujeta una pancarta larga, demasiado grande, y al otro lado mi madre y... ¡mi padre! Está escrito SUPER*PILGRIM* en letras negras enormes, y ni la vergüenza puede frenarme de empezar a llorar y reír a la vez. Voy hacia allí y los abrazo muy fuerte. Pero mucho. Mi madre está emocionada, y diría que mi padre un poco también. Laura llora como un cocodrilo altamente sensible.

—Pero, pero... ¿qué hacéis?

—¡Qué guapa estás! Me imaginaba que vendrías hecha un cromo, pero estás radiante.

Nos quedamos en una cafetería a tomar algo y me vuelvo a sentir agradecida en cada poro de mi piel. El efecto Camino no se ha ido. Además, que te vengan a buscar al aeropuerto siempre surte efecto, es como un espacio de alta vulnerabilidad; tal vez las alturas nos ponen las emociones a flor de piel. Aunque no pueden ser las alturas, pues los que vienen a recoger a alguien también parecen entrar en ese halo. Se pueden cometer verdaderas locuras en un aeropuerto, el ambiente nos estupidiza un poco, más o menos como el amor.

Mientras nos dirigimos a los coches, mi padre me agarra

por los hombros. Noto que le tiemblan las manos, supongo que sigue emocionado. Estos días estaba aquí por trabajo, pero hoy se vuelve ya a Valencia. Prometo ir a visitarle en breve.

—Qué bien te veo, hija. No sabes cómo me alegro.

—Yo también, papá. Lo estoy, estoy bien.

Asiente, me mira intenso y nos despedimos. Pocas veces le he visto así. Pienso que tal vez también es mi mirada la que ha cambiado. Llevaba años que no veía nada, completamente obnubilada en la oscuridad. Subimos al coche de mi madre y Laura se viene conmigo atrás.

—¿Qué, me dejáis de taxista?

Y reímos como cuando éramos niñas. Mi madre y Laura tienen una relación muy bonita. La madre de Laura murió cuando éramos pequeñas, así que para ella ha sido un gran soporte. De pequeña, a veces, en momentos de ofuscación y envidia, pensaba que mi madre molaba más como tía que como madre. Aunque sabía por dentro que no estaba bien sentir eso y que Laura había tenido muy mala suerte. Yo también echaba de menos a mi tía.

—¿Y qué, y qué?

Me río porque conozco a mi prima y ya sé por dónde van los tiros.

—Pues nada, todo bien.

—Uy... Te dejo el típico tiempo de descanso porque soy-educada-y-tal. Aprovéchalo, porque luego no te dejaré escapar.

Cuando llegamos a casa tengo la sensación de haber estado fuera un par de años. Laura se va para la suya, pero no sin antes dejarme claro que me llamará más tarde, con cara de «vete preparando el discurso». Esta solo quiere repasar la revista del corazón, ya la veo venir.

Lo primero que hago es buscar a mi gato, esperando que me perdone por no haberlo echado mucho de menos; ni que pudiera saberlo. Me dedica un par de maullidos mientras ronronea entre mis piernas hasta que lo cojo en brazos y se intenta escabullir, recordando de golpe lo pesada que es su ama. No me gusta nada este calificativo, no es un esclavo, pero es que no sé cómo nombrarme en relación con mi gato. Podría decirlo en hawaiano, *kahu*, que es más como «guardián» o «protector», pero sería... muy raro.

Me ducho con mis jabones y me quedo malgastando agua —una vergüenza, lo sé— mientras imagino la mascarilla luchando por entrar en la fibra capilar. He provocado tal vaho que no hay quien se vea en el espejo. Me embadurno de crema hidratante, ya que mi piel empezaba a parecer la de un dinosaurio disecado. Lo único que tengo hidratado son los pies, de tanta vaselina. Voy a la habitación descalza, con la toalla enrollada en la cabeza, sintiéndome agradecida a la vida, como una mariposa que empieza a volar y desconoce la efímera existencia que le queda, o tal vez sí lo sabe y no es como un humano ambicioso que siempre quiere más y más.

Al sacar las cosas de la mochila me fijo en lo deteriorado que está todo. Las deportivas están completamente desgastadas, no les queda ni un taco y tienen agujeros en la tela, las dos en el mismo sitio. Los *leggings* que tenían que servir para dormir y he llevado mañana y noche tienen un agujero en pleno muslo y la parte del tobillo de un sucio que parece que ha venido para quedarse. Las camisetas están dadas de sí, supongo que por el roce constante de la mochila. Me he ido un mes y parece que haya estado un año huyendo de leones en plena sabana. Y con cada pieza que veo con marcas y cicatrices mi sonrisa se ensancha un poco más. Ha sido la mejor aventura de mi vida, y eso que yo era de las que pensaban que las aventuras requerían una distancia exótica.

Suena mi móvil y veo el nombre de mi prima. Pues sí que está impaciente, sí. Le cuento la historia con Nick de la forma más fidedigna que puedo. Después de una pausa dramática donde puedo imaginar sus neuronas reuniéndose para emitir un veredicto, dice que cree que tengo miedo. Miedo a que me vuelvan a romper el corazón —sí, no necesitaban mucha reunión para este veredicto—. «Bueno, es que duele que flipas», le he respondido. Pero imagino que tiene parte de razón. Lo sé y lo noto en mi cuerpo, me protejo mucho más que antes. Aunque me sienta más libre en general, más despreocupada y abierta, en este tema me protejo mucho más que antes. Porque antes no llevaba ni escudo ni espada ni escudero. Antes iba con los brazos abiertos y el corazón en la mano, totalmente al descubierto. Y me estrellé. Me estrellé a ciento ochenta kilómetros por hora y sin casco. Como muchas personas, supongo, pero dolió tantísimo, que ¿quién es tan imbécil para arriesgarse a repetir? Aunque Laura me reitera que no me acuerdo bien, que tengo la relación idealizada, que no todo iba tan bien y que yo me quejaba de que estaba aburrida. Pero esto no es ninguna novedad, yo sería capaz de aburrirme en Hogwarts.

De todas formas, pase lo que pase, Nick me ha regalado algo valiosísimo. Me ha demostrado que puedo volver a sentir algo por alguien. Que mi corazón no está irreparablemente roto. Y solo por eso no puedo más que estar agradecida; sí, una vez más, soy muy pesada, lo sé.

Son las siete, pero estoy muerta de hambre, así que pongo la mesa para las dos. Mi madre ha preparado su increíble fricandó para cenar, pero yo solo tengo ojos para la ensalada que lo acompaña. Creo que tengo reservas de proteína animal dentro hasta que cumpla los cincuenta. A media cena pillo a mi madre mirándome y pienso en lo que me dijo del cordón umbilical. Tal vez está pensando en cómo nos relacionaremos a partir de ahora.

—Mamá, creo que voy a buscar piso.

No sé ni dónde tenía guardada esta reflexión ni por qué me sale ahora en medio de la salsa con setas. Mi madre asiente calmada.

—Me parece muy bien, tesoro.

Seguimos comiendo en un silencio tranquilo y especial. Cuando estoy pelando el melocotón, me doy cuenta de que mis ojos no focalizan, me estoy durmiendo sentada con un cuchillo en la mano —mal—. El melocotón me resbala hasta el suelo. Lo recojo, lo paso por agua y lo mordisqueo como un autómata.

—Anda, ve a tumbarte, que ya recojo yo.

Le doy un abrazo a mi madre, que sonríe de una forma diferente. Todo ha cambiado. Me espachurro en el sofá con mi gato, que se enrosca contra mi vientre, como una ensaimada. Veo delante el televisor y tengo el instinto de encenderlo, pero solo por costumbre. He estado sin él más de un mes y no lo he echado nada de menos. Tal vez no ponga ninguno en mi piso. «¿Y cómo coño piensas pagarte un piso, Joana?». Cierro los ojos e intento aplazar la logística para mañana.

Noto que mi madre me tapa con algo y luego se sienta a mis pies. Me los empieza a masajear y yo sonrío. Me acuerdo de los masajes de Nick durante el Camino, con mis pies roñosos. El Camino. Qué bonita aventura. Cierro los ojos sonriendo. Un martes cualquiera de septiembre.

Agradecimientos

Me he propuesto que los agradecimientos no ocupen más de ciento cincuenta palabras, allá voy:

A mi madre, siempre. Y también por haberse leído esta novela tantas veces que ya no sabe lo que me pasó de verdad y lo que es inventado. A mis familias y amigas, tengo la suerte de tener buenas personas cerca.

A Ana María Caballero por apostar por esta historia y al resto del equipo de Penguin Random House que ha trabajado para convertirla en este libro. A Naranjalidad por la portada.

A todas las personas que tuve la fortuna de conocer en mi Camino; peregrinas, hospitaleras, hosteleras... por cuidar y dar sentido al Camino. Esto es una ficción, pero espero que, si alguien se siente identificado, le provoque una sonrisa (o una carcajada a poder ser), ya que mi recuerdo de todo el mundo es precioso y lo he plasmado con tanto amor como he sabido (y con mucha dosis de fantasía).

A ti, por leerla. Mil gracias.